人生在哲学与艺术中颉颃

宋轶 著

中国文联出版社

图书在版编目（CIP）数据

人生在哲学与艺术中颉颃 / 宋铁著. -- 北京 ：中国文联出版社，2024.12. -- ISBN 978-7-5190-5582-0

Ⅰ. I267

中国国家版本馆 CIP 数据核字第 20245QY992 号

著　　者　宋　铁
责任编辑　高韵洁
责任校对　秀点校对
装帧设计　宋　昊

出版发行　中国文联出版社有限公司
社　　址　北京市朝阳区农展馆南里 10 号　　邮编 100125
电　　话　010-85923025（发行部）　010-85923091（总编室）
经　　销　全国新华书店等
印　　刷　天津和萱印刷有限公司

开　　本　710 毫米 ×1000 毫米　　1/16
印　　张　12.75
字　　数　166 千字
版　　次　2024 年 12 月第 1 版第 1 次印刷
定　　价　58.00 元

生命把时间充得满满的，但终究是个沙漏，因为有限才显珍贵，不是一寸光阴一寸金，是万寸金条也换不回一寸光阴。

——宋轶

他序

在岁月的长河中，我们常常思索人生的意义究竟为何。宋轶先生的这本《人生在哲学与艺术中颉颃》，犹如一盏明灯，引领我们踏上一场关于人生、哲学与艺术的深邃之旅。

宋轶先生的人生经历丰富而多彩。从内蒙古师大附中的求学生涯，到郑州地质学校地质普查专业的学习，再到内蒙古师范大学美术系的深造，他的足迹跨越了不同的领域。教过书、下过海、创办过工作室，又重回地质工作岗位，每一段经历都是他人生画卷中浓墨重彩的一笔。即便生活与工作充满变动，他对美术的自修与创作从未停止，对知识的探索也从未停歇。从古希腊哲学到欧洲哲学史，从先秦诸子哲学到民国大学者之人文精神，他如饥似渴地汲取着智慧的养分。

这本书以哲学与艺术为宗旨，深入探讨人生的意义。在作者看来，人对自身及世界的认知决定了人的存在。在编辑本书的过程中，我看到了他对人生的深刻洞察与独特思考。哲学，是人类智慧的结晶，它帮助我们理解世界的本质、人生的价值；艺术，则是情感的表达，是心灵的寄托。当哲学与艺术相遇，便碰撞出绚丽的火花，为我们揭示出人生的无限可能。

宋轶先生始终铭记朝戈的那句话："为个人的真挚情感所做的努力是有价值的。"相信这本著作会给读者带来深刻的启迪，让我们在哲学与艺术的海洋中，探寻人生的真谛，找到属于自己的方向。

愿每一位读者都能在这本书中收获智慧与力量，开启属于自己的精彩人生。

高韵洁

2024 年 9 月

自 序

读书的人不一定写书，写书的人一定是读书的人。写书的人是孤独的向内求的人。丰富的思想是用来叙述的，也是丰盈个人生活的调味剂。人能发现生活中的乐趣，是存在的最大意义。本书内容是余在读书及生活中的点滴认识，是否写得有道理还在读者的评判及共鸣。本书中插图皆为作者本人原创国画作品，不知是否可以为本书添色。每个人都有独特的情感，为之而努力的人会活出个人意义。

宋轶

2024 年 10 月

目 录

contents

第一辑　关于哲学

一、哲学是什么

哲学是观念学，哲学是个人的事情，每个人的观念即构成了其自身的哲学体系。哲学是人类思想意识活动的共同“游戏”，它代表人类至高的智慧之学。哲学的开始：对任何一个问题都问个为什么，即是哲学意识的开始。人及人类最大的哲学问题是：个体及人类整体的终极目的是什么？

那么哲学究竟是个什么学问呢？哲学是关于意识及主体观念意识下的世界观的学问。这里包括：宇宙观、世界观、人生观。因此当一个人确立了三观后，方可对事物做出此观念下的结论。三观不同，结论一定不同。世界如此多彩也正因如此，个体差异不同，生存环境不同，世界观难以相同，因此人与人思想意识以及人类在社会活动中处处充满矛盾。哲学这一词，是日本启蒙家西周用汉文翻译西文 philosophy 得来的。汉语直译是爱智，因此，哲学是智慧之学。

要了解哲学，其关键是要了解人的思想，因为哲学的属性特征就是关于思想的思想。也就是说哲学可以对思想进行思想。看看毛姆怎么说：“只有哲学永远不会让你失望。因为你永远不可能到达它的尽头。它就像人的灵魂一样多姿多彩。它真是了不起，因为它几乎涉及人类的全部知识。它谈论宇宙，谈论上帝和永生，谈论人类的理性功能和人生的终极目的，谈论人的能力及其局限。”

世界之大无奇不有，关于精神领域的宗教现象就是人类的思想所创。

想想看各种宗教是从哪里来的？一定不是天上掉下来的，它是人类思想意识演进过程中出现的思想意识形态。

人的思想即使形成后也是可以改变的，环境甚至某种情绪，或者某种想法，再或者某种诱导，都可以改变你的原有思维。这有点像基因突变，当一定的环境因素改变时基因也会随之而变。比较确切的说法是“洗脑”，人所持有的思想已经和之前的思想南辕北辙了。因此，保持个体主观意识、认知、观点立场、初心及自我认知是学习哲学重要的一步。

要弄清哲学逻辑却是件不容易的事情。因为人人有不同的立场、不同的初心。原有的思想，是相信科学还是相信宗教，是唯心主义者还是唯物主义者，皆会形成不同的哲学观。哲学中有一观点，即立场不同观点不同。你是站在繁华都市的商业街上，还是站在杳无人烟的草原上，或是站在万米高空的飞机上，你的感受会有极大的差别。因此可以说哲学是关于学问的学问，对于任何问题都可以在哲学分析下得到一定的解释，但却不是答案。哲学所回答的是缘由、是因果。

哲学是一个广义而抽象的概念。在一定范围内哲学的属性大概包括理性、真实、追问、起因、过程、细节、演变、阶段结论……其附属性应该有已知、疑问、追问、先验、推断、预判等等。哲学所涉及的是整个宇宙，它涵盖了人类所有的问题。给哲学下一个完整的定义，似乎如何解释也有未尽之意，但在实践中遇到具体的问题，通过哲学思考、认识、预判、推断等可以得到理性的、合理的运作方案。这就是哲学。因此，人之不同是哲学观念的不同、认知的不同、先验与判断及选择的不同。因此，是否相信哲学、学习哲学已将人在思想意识形态上划分为不同的类别。

二、哲学通论

哲学是人之思想意识的虚拟的软件；是关于精神及物质全面研究考问的学问；是关于境界的学问；是学问的学问；它可以给所有学科的终极意义一个解释；它是一切宗教的归宿；是思维的意识过程；它可以对无限的宇宙给予当下的诠释。

哲学不是神学，不是佛学，它终将成为人类的终极信仰。哲学是精神、意识、思想探索物质世界的利器，亦是人类灵魂的归宿。尼采的学问把哲学与艺术结合得十分完美；罗素的思想是事若活水、汩汩不息；叔本华的哲学力透人性、贯通人生。

哲学是（主观意识超我与本我）对人生目的终极追问的学问，是人对主观意识的诘问。

哲学不啻是艺术的灵魂，更是一切学问的核心，并给出对核心问题解释并追问下去的空间。

追问者——希腊哲学的创始人 苏格拉底

哲学之所以没有像科学一样飞速发展，只因它与艺术一样完全是个人的、主观意识的事。一人一世界（不啻是世界观的不同），思想意识与生命的关系，大概是一个人的全部。人的生命逝去留下遗骸，思想意识哪去了？人的思想意识终将以某种形式体现在社会价值中。

人的意识、意念可以转化为思想并以某种媒介形式而存在。这正如臧克家所说："有的人活着，他已经死了，有的人死了，他还活着。"

哲学是意识下的心动之举，是意识的意识（主观意识强令意识关注某一点，与理性思维同义）。哲学是人类寻觅终极目的的唯一方法，它否定人的无意义存在。

"哲学源于惊异，成于明智，毁于麻木。"这个惊异源于目的。我相信人人都有一套生存的法则，却不一定有终极目的。问一个人，有无人生终极目的便知其是否接近于哲学。人生的一切都受控于时间、空间，唯有思维意识可以自由驰骋，唯有哲学可以给自由驰骋者一个归宿。

时间、空间是人为度量事物而设定的概念。人因无法确定它的无限性而认定其是不可穷尽的。人只能顾及或是借用机械或某种工具而实现对有限事物做有限的度量，所以认知是十分有限的。

哲学不能给你面包吃，但它可以告诉你，吃过面包后，你更应该做什么？哲学同时是用来研究人为的虚拟世界的心理学。

哲学是理性思维下的意识，并总想在事物的变化中寻找到一些规律，但事物变化的不确定性，往往使得意识无所适从。因此，在论述的过程中总存在不确定性，终究只能给一事物下一不确定的定义，比如各种主义，如存在主义，不只是主观意识的存在，还必须有相对应的客观世界，两者都处在变化的时空中，又岂能找到准确的对应关系。X 与 Y 两者都是非确定的变量，那么解在哪里？答案一定是非确定的无解。因此，哲学是认识、实践、认知、判断、推断及再认识的循环学习过程。

人有了死亡意识后，就进入了一个相对唯心主义的世界。死亡，是走出唯心的世界，还一个本来的物质世界。

那么唯物与唯心主义有什么区别呢？唯物主义像个孩子，唯心主义像个老人。信奉唯心主义，还是信奉唯物主义？遇到不明确的事物时，信奉唯物主义；遇到明确的或者是可以推断联想的事物时，信奉唯心主义，这是先验论之所以存在的意义。相反，迷信与科学就会颠倒。

唯物唯心之辩：心里先有个天井，然后创造出一个天井。先有个心井，后有真景。人为事物一定是心物在先，宇宙飞船上天亦是如此。

一切的不确定性，告诉我们眼下最重要的事，是让思想走在行动的前面。每一个哲学问题，都是一场思想的战争。这战争首先是战场（立场），其次是兵力及武器（有多少基础知识储备），然后是看耐力（有无拼杀耐久之力），对此问题是否有持久的兴趣。

在哲学中可以找到我们存在的意义，哲学的意义，在于寻找事物的本原，而不轻易地把信念交给他物（宗教或某事某物）管理。

哲学可以探究人类的归宿，即寻找到另一颗类似的行星并能够移居其中，传承人类意志。对个体而言，哲学思维最大的功用是引导主观意识不要远离科学。

谈哲学一定要谈存在主义。因为存在才有可能谈；因为存在是暂时的（个体），因此必须谈。人之存在是随机的、无意义的，只是个体人生观的形成，才有了大问其存在意义的可能。因客观条件不同，人与人存在巨大差异，这个差异最终会表现在思想意识上。如有人视“诺贝尔奖”重于一切，有人却视若无睹，比如存在主义者——萨特。

第一位拒绝领奖的诺贝尔奖得主 让·保罗·萨特

因为人类真正的、永恒的幸福是建立在形而上学之上的，所以人类不能放弃对哲学的研究。哲学大问中四大元素：时间、空间、意识、死亡，构成了形而上的（思想）意识基础。当今已不是上帝存在不存在的问题，而是意识的存在与生命的关系问题。肉身终归于黄土，而思想通过某种媒介留存于世界，成为个体曾经存在的证明。

生命的重复意味着死亡，一样的时间不一样的生命价值，皆来自思想。人类的欲望将把世界引向毁灭，而修正人类欲望的最有力武器，不是科学，是哲学与艺术。

哲学可以让人摆脱虚妄的琐事。任何学问都存在哲学大问。它是主观意念的诘问。哲学从怀疑开始，诘问于潜意识，终结于理性。潜意识带来的不仅是随机及欲望的流露，更有提示自我为何会做这样的梦，实则梦境中，多以生活中游离的意念欲望等为主题在做随机的演绎。

哲学可以用来解释学问，却不能诠释艺术。为什么？因为艺术不在逻辑范畴。哲学是理性的、讲逻辑的，艺术是非理性的非逻辑的。如果说非理性主义存在，那一定不是哲学。

萨特讲，他人即地狱。实则他人即地狱亦是天堂，为什么？他人可以给你带来幸福也能引你投入不幸。因此，保持距离，方可欣赏“美景”。

哲学，哲学家的理论是不需要批判的，这就好像欣赏一幅绘画作品，没必要去否定批判它（因为你不可能全面了解作者的原创背景及生活思想的全部），你只需从中发现共鸣点就好了。称得上哲学思想理论的、称得上艺术创作的著作、作品总不会伤人的。

我们可以不清楚意识是什么，也可以不知道它是如何产生的，但作为个体的我，怎么会不清楚我的主观意识的终极目的呢？这一问，即哲学之问。

爱因斯坦在临终前说了一句令人细思极恐的话：“世界是不存在的，

时间也是不存在的。”世界因意识存在而存在，没有意识哪里还有世界？客观世界是意识的感知，这不是什么唯心、唯物论的问题，人终将是独立的无援的个体。

求知是认知的基础，认知决定了人生存在的价值。哲学的尴尬在于外表的神秘及内容的深邃。这完全违背了哲学的初衷，相反，哲学的意图恰是以寻求最简单、最快速的解决问题为宗旨的学问。

认知不同，价值观不同。有两种价值观：一种价值观呢，是戴着非常昂贵的手表，好显示出自己的身价；另一种价值观，一块不贵的手表，因为我戴过了，所以身价百倍。一个向外索求，一个向内索求，两者相异，两种人生观，这是认知的问题。

（一）用哲学的观点分析下面的几个认知问题

1. 无知与未知是愚蠢、恐惧的根本原因

世上有许多可怕的事，但你能讲出你最害怕的事是什么吗？于是鬼的故事层出不穷，鬼的故事多是梦魇后的臆造，或是梦中恐怖事情的编撰。

曾经一梦，那是一个乌云密布的夜晚，电闪雷鸣后一具巨大的骷髅从黑色的云雾中缓慢地显露而出，不多时即迅速膨胀，獠牙狰狞而迎面扑来……醒了。这是被恐惧吓醒的，自这以后再无令人恐怖的梦了。

然而，细细思来，即使那巨人吞掉我又会怎样，因此，恐怖的并不是结果，而是预感的过程。这就出现时间问题，这有点像死亡，死亡前的预感是恐怖的，可人还没有死，一旦死亡，事已不存在了，也就没有恐怖存在了。因此，恐惧从预感的认识中来。知是知预判，预判其恶果，从而在认知中形成恐惧的心理。恐怖来自认识不足，一曰无知，即对事

物无法做出判断；二曰未知，即事物还未发生，但已料定是恐怖的。

梦二，有这么个画面：走在一座幽暗狭窄的楼道内，面对另一头望去，两边各有十几扇门紧闭着。左手有几扇门却是半开的，这时，我向走廊另一头走去，尽头也是一门，却是两扇半开的，门的尽头是黑暗的，此时也注意到了左手半开的门中有亮光射进楼道，静静的。走廊只有我一人，听不到任何声响，继续向走廊尽头的双扇门走去，忽然发现左手边离我最近的半开的门下延出一点影子来，我顿住了。只见这影子越来越大并向门外伸展出来，是一个人影已映在走廊的过道上……梦醒，回想梦中恐惧的原因是这个未知的人影带来的。一旦知道事情原委，不过一场梦而已，恐惧早已烟消云散了。

因此，摆脱恐惧唯有提高认识，消除恐惧必须知其原委，重在提高认知。

2. 争议来自立场的不同、认知的不同

站在一个角度看风景，实在是单调了些。换个立场可以看到另一个世界。

换个立场可以看到另一个世界

客观事物的对与错，由主观来定义，当群体政治意念正确时，我们大可冲锋陷阵，比如正义战争中的战士。

集体的行为必然有个集体之主的主观引导，引导是否是诱惑，这完全取决于另一个体主观的认知。例如传销事件，当我们知其是欺骗行为时怎么会加入其组织呢？人与人认知的不同会带来一切的不同。

3. 个人哲学终究要走向人文主义

人文思想是人类精神的焦点，是人类的精神财富。个人哲学，因人不同，因而别具特色。主观意识总有个落脚点，对某一事物产生兴趣。这一独特的个人特点往往在童年就已形成。回顾我们的童年一定会找到神奇的问题，并对未来充满无限遐想。

人作为有思想意识的动物，这是上帝赐予人类最好的礼物。仿佛把整个宇宙以虚拟的形式放在了每个人大脑之中。如何开发利用这一“礼物”却完全是个人的事。

哲学从需要开始，为什么需要开始质疑，在疑问中变通思索，追问其目的。

哲学永远是个追问解答的过程。对个人即是自我完善的过程，所谓的终极目的即是不断追问、不断解答的过程而已。

如果无条件地追问下去，人不仅会尴尬而且会陷入无意义状态……例如：我们要有钱要富有，请问，富有是为了什么？过美好的生活是人人的追求，那么过美好的日子是为了什么？如此追问下去，问题也许会进入悖论，为幸福而幸福，人有不同，观念的差异会使人有不同的答案。因此，哲学是从物质到精神的过程。衣食无忧、天不负我、回报社会、造福人类，也许是每个个体存在的终极意义。

人之初，无论性善性恶，后天的环境依然可以改变一个人的认知。如果你的生活已如此圆满，请问此时的你又会有怎样的自由意志？怎样的进一步需求呢？这里提出一个大问：即使是有了一切及无限自由，你又能怎样？又要怎样呢？

这里关键的问题是我们的认知决定了我们的世界观、人生观、价值观。价值观不同，取向不同，需求不同，观点不会相同。环境可以树人也可以毁人。

优越的环境中不一定能培养出道德高尚的人；恶劣的环境下也可以培养出一个道德高尚的人。环境是外因，人之本性是内因，因此，问题依然是内因与外因的关系问题。

个人哲学终究是做人、做什么样的人的问题。什么样的人有什么样的追求，追求不同，目的不同，结果不同。不忘初心，善始善终，善作善成，我想是个理想的人生。

哲学的本质属性：1. 明确表达，用清晰、简洁、易懂的语言把你的思想表达出来。2. 与他人思想的碰撞，交流沟通是融合他人思想的重要环节，其共识即人文思想的集合。3. 行动及目的，用哲学思想来指导我们的人文主义信仰。

读书是提高认知的最佳途径。凯伦·阿姆斯特朗的巨著——《轴心时代》可以说代表了人类的初衷，当你读完此书后我想你会发现人类的初心，所谓的认知应该从《轴心时代》开始。

4. 哲学的简单与复杂

哲学的简单，在于问题的肤浅；哲学的复杂，在于问题的深奥。人为什么要读书，这问题大可不问，一旦追问问题就大了，哲学的固有属性恰恰在追问之中，读书是为了更好地生存，更好地生存是为了什么……一路追问下去或许会进入悖论。人生的终极目的到底是什么？追问下去问题就大了。后者本身就是个追问，问题伴随一生，怎么解释都难以圆满。

启功讲书法，讲一个汉字有四个中心；冯友兰讲人生四大境界；梁漱溟又整出八个境界层次。把问题搞复杂化，似乎问题不搞复杂就不是学问，不是哲学。其目的与哲学的宗旨恰恰南辕北辙了。

讲哲学先把底牌亮出来，没有立场无法谈论哲学，我的立场是一座人文主义的丰碑，给哲学一个坚实的立场，这样哲学才立得住脚，这个立场是审美的起点。因此，站在什么立场，依然是认知的不同，选择的不同。

5. 形而上、下之学

萨特说："尽管莱布尼茨肯定上帝的存在，而我否定其存在，但他并不比我更能称得上是形而上学哲学家。"

问题有出处又可以证明，这类事可以说是形而下的，它与存在、生活有直接关系。所谓形而上的，是没有出处更不能证明，只有无穷尽的追问分析判断……即进入哲学态。大多数人讲，人生就是追求幸福，没错，把幸福建立在享受及物欲上，这样的幸福不会长久。唯有把幸福建立在思想意识上，追求精神上的满足，幸福才会长久。精神上的满足，一定是形而上的、哲学的。

读书、劳动、生活皆为生存，是形而下的。读书的终极目的、劳动的终极目的、生活的终极目的都是形而上学的问题。宇宙观，人存在的意义，人类的走向，人生终要有个答案。没有哲学，人很荒唐，有了哲学，作为人，应该看到人类驰骋于宇宙的艰辛及希望。

关心哲学不是有用无用的问题，而是关系到你的存在、生活是否有趣的问题。

草虫之趣

（二）哲学从认知中来

1. 知识与认知

世上箴言无数，你信哪条？相信自己的认知吗？答案一定是肯定的，这是自信。认知是在自信中不断学习而提高的。因此，矛盾而复杂的宇宙让每一个人必须成为学习者。

“天变不足畏，祖宗不足法，人言不足恤。”这话谁讲的很重要。与哲学家在认知上产生共鸣，就像一滴水融入了大海。

知识与认知的区别，一个是对事物的概念理论的理解，另一个是对所掌握的所有知识的理解消化后的综合判断及对事物发展到结果起因的理解。即知识是知其然，认知是知其所以然。知识面的大小，决定了认知的深度。

看问题重在认知，解决问题缺少方法，依然是认知的问题，并且认知越多，无知范围越大。从认识平面圆到球体，意识已从二维步入三维，球体表面积已远远大于平面圆面积，如果我们只知道球体，球体之外算作未知，那么有知球体越大，外围无知越大，因此学无止境。有人讲，知识就是力量，我认为知识还不是力量，认知才是力量，是能力，是知其所以然后的推断。

2. 提高认知来自长期的思考

一切从认知开始，未知是无限的，从生活到工作，从家庭到社会，从天文到地理，从世界到宇宙，人生几十年，一寸光阴岂止是一寸金，生命是买不来的。

拯救一个落水的人，急不得，越是急事越急不得。所谓的真英雄，来自智慧及能力。一个盲从的灵魂总是自生自灭的，哪里需要拯救？无知远远大于认知，因此，认知是发现自己无知的过程。有事说事，有问题说清楚，这些认知皆来自对生活深层次的理解，对自身的观照，从认识自我开始，这里不仅有物质的、物理的，重要的是生化的、心理的、灵魂思想的。

嘴巴只重口味，食道拒绝辛辣，肠胃要柔软亲和，直到出口各有不同……观照灵魂，从意识到自我状态开始。自知之明从关注自己开始，注意力、关注点及人们常讲的心思在哪里？思绪常常落到什么问题上？自识自知即会渐渐树立起来。

思绪常落在什么问题上

三、哲学与意识

（一）关于意识：意识是“生理和心理交互过程的结果”，与感觉、记忆、认知有直接关系

1. 意识是精神层面的……

2. 意识可以是主观的、客观的（假设换位）、游离的、潜在的……

3. 意识是精神思想的，因此也可以是站在客观立场上的客观意识。

4. 意识可以是无主观管控下的处于游离状态的、随机的。

5. 意识在无主观管控下的潜意识，便成为大脑的主角。

6. 意识是受感观（各器官）综合感觉后而涌现的。

7. 意识受记忆中事态留痕的影响。

8. 意识终将随大脑的健康存在而存在，随大脑的消亡而消亡。

9. 意识最强大的一面，依然是主观意识下的思想与行为。

10. 意识与大脑的健康状态及认知的程度有着直接的关系。

11. 意识是灵动的总在思维前沿的，并引导思维的航向。

（二）意识的来源及特征属性

1. 意识起于对生命主客观的感知。

2. 意识起于记忆。

3. 意识起于生理器官的需求。

4. 意识是认知下的活动。

5. 意识具有局限性，关注点被占用或被限制。

6. 意识在认知的过程中会形成思想意识。

7. 意识会改变前期认知，并具判断性。

8. 意识会因认知的全面而健康存在。

9. 意识会因受挫而影响认知做出错误判断。

10. 意识是动态的具有游离性及专注性（惯性），因身体健康或病态而受影响。

11. 意识制高点在于认知的高度及高度认知下思想的形成。意识因思维活动而形成思想，因思想的价值通过某种媒介而留存下来。

老船的记忆

（三）意识活动的具体过程

人会因梦的虚无而感觉到醒后的真实存在，又因真实的死亡而感觉到人生的虚无。

人生是场大梦。曾经一梦：整整一个晚上都在地质勘探找矿中，环境陌生，人员陌生，住地与矿区之间有三小时的路程。“为什么住在这里？”我问，“因为矿区属无人区，无水、山高没有搭建帐篷的条件。”一个高个子的人回答。我预感到工作的难度，并立即做出快速完成工作的方案……梦中，完全是另一个世界，是世界梦到了我，还是我梦到了异样的世界，这是意识与记忆的游戏。

一觉醒来，仿佛又多活了一世。人生之虚无，唯有意识的真实，思想的可贵。做个热情主动的人，意识必须是灵动的，常思考，追认知，才是真真切切的活着。

人之灵魂是在一个完整的拓扑结构中形成的。人之出生固有基因就受环境及个体属性的影响开始了人生成熟演化的旅程，人之主体意识不断丰富提高，人格日趋完善，人之意识一生相伴，对个体而言，自我意识即是全部世界。这个世界不是为有钱有权的人设计的，而是为有智慧的人而存在的，这就是思想意识的力量。

意识是动态的、流动的、随机的思维（思想）。它来自主体器官的感觉，经主观判断后可以形成暂时的思想。意识有高低级之分，即本我意识、自我意识、超我意识。本我意识是动物生存的本能，是动物繁衍生息的原始动力；自我意识，是对“我”的全部感知；超我意识是对自我的放大，是对自我确立目标、实现目标的高级过程。

我们可以不清楚意识是什么，也可以不知道它是如何产生的，但作为个体人，怎么会不清楚主观意识下的终极目的呢？人生有方向终在目的，有方向和目的就有希望，人是活在希望里的动物。

意识的局限性：时间、空间都是人为度量而设定的。人因无法确定它的无限性而认定其是不可穷尽的。人所能顾及的无非是借用机械或借用某种工具而实现对有限事物的有限认知而已。

人是意识动物

（四）意识总在寻求动态平衡

万物演化总是在趋于平衡之中，突变或爆炸是量变到质变的焦灼点，其事物总是在寻求新的平衡中。

生活比较安逸，夜梦会有不安，生活忙乱伴有疾苦，梦中会求于安稳。意识总在自觉不自觉地寻求生活的心理平衡，生命之延续必在平衡中发展，所谓的“中庸之道”是也。

（五）探索超意识为人类意识的至高目的

意识是个场，像电场、磁场等，肉眼不可见，犹如量子场，环绕大脑。意识同时是个怪物，人的问题多是意识的问题。量子场像是意识的运行空间，意识像一面镜子反映物质的另一面，是虚拟的宇宙。

人的行为，受暗示、受权威、受他人、受欲望、受惯性思维等所影响。这些影响会牢牢地寄生在潜意识里，人只要存在，意识就不会闲着。总在一个意念点上，这个点放在独享的事物上只有庸俗，放在共享的事物上不仅是快乐。世界上最无闲而忙碌的是意识，一个人的空虚是意识中出现了空缺。保持快乐的有效方法，是意识的关注点永远在探索美的路上前行。

意识与身体的每一个细胞都会有千丝万缕的连带关系。感觉是从哪儿来的？认知又是从哪儿来的？是意识主导身体，还是身体主导意识呢？意识与身体的和谐方是健康状态。

综合分析是认识事物的必要手段，道教文化与弗洛伊德的意识理论可以完美地解释人之梦的缘由。梦是潜意识的自由活动，那么潜意识是哪儿来的？潜意识是主观意识的无管理状态，是主观意识的休眠状态，游离状态，并受身体的器官及不同环境的刺激影响。意识活动离不开客观世界。

世界上速度最快的是什么？是思维意识。意识是一种能量，有正负之分，积极快乐是正的，愤怒消极是负的。一息尚存，目标犹在。主观意识的存在，一定是建立在生命基础之上的，并随时接受生命意识的指令而活动的。而意识本身，却是游离的不确定的，因此只有主观意识在不断的学习提高认知中，用哲学意识来分析事物，认知事物，在实践中才会得到科学的结论。哲学为人之意识打开了一扇智慧的大门。

做哲学，最为艰难的是对他人核心思想的把握。论什么都有哲学意义，最大的意义是在有限存在中对时空的感性与认知。人生之所以要寻找意义，就是因为生命会停止，没有时间的压迫感，感性是无法深入的。这一过程，已从感性转为理性的思考了。

哲学不只是用来讲解的，必须付诸实践活动才具有实际意义。哲学明确告诉我们，处世必将遭遇N种选择，学习哲学，可以做到准确选择工作，适合自己的工作，占第一位，哲学专业完全可以不对口，因为哲学可以应对各个学科。

（六）精神意识与物质及时间

把时间空间作为分析问题的首选条件，问题的轻重就会改变，大事化小，小事化了。现在、当下感觉好像很真实，其实读过这段文字现在已经过去了，下一个当下已来。然而当下也许是生命的结束，诸事无常，现在很重要，重要的是现在所为是否对下一个当下有益。天人合一的真谛就是人与万物的和谐共生。

物理学有一条定律：两物不能同时并存于同一空间。被垃圾行为、意识占据的大脑空间，怎么能与高尚的情趣共存。六十岁，在童年的感觉中有多老，时间的无情令人惊诧，抓住时间的方法，就是读书。

因为幸福是思想的充实，人是物质的产物却是精神意识的载体。回到精神意识的状态，唯有把注意力、意识着眼点放在思考的状态中。所谓充实是精神的满足，所谓幸福是意识到了希望的到来。

数理化是关于科学的人之生存的物质文化；哲学与艺术是关于精神的、灵魂思想的文化。人之两面缺一不可。否则人是不完整的。

物质文化满足肉体所需，精神文化满足精神所需。酒是介于两者之间的，是思想意识的催化剂。

从达利的绘画《永恒的时间》中我们可以看到，理性下超现实主义绘画的思想意识无所不达，欲与实体时空一决轩轾。人不是因为有了苹果而幸福的，而是因为有了获得苹果的认知而喜悦的。

身内身外，财富、名利乃身外之物，学识、思想乃身内之物，两物不同，相辅相成，孰轻孰重。

（七）意识的强大

黑格尔的精神现象，讲的是本体意识对客观事物的反映，此意识决定了一个人的一切。能够自控自解的人，他的快乐与痛苦就可以自己说了算，这是意识最强大的一面。

四、哲学是解决问题的学问

寻找解决问题的快捷方式，是哲学的过程。问题就是矛盾，矛盾无时无处不在。因此，问题的复杂在于划分矛盾，找出主要矛盾，问题已解决一半，大事化小，化整为零，条理清晰，推理正确，问题可解。

为什么对哲学命题一经论证就会进入冗长而无实际意义的烦琐假说之中呢？这就像两个点，起点 A 有意义，终点 B 并无意义。如果从 A 到 B 已无实际意义的联系，还要延伸 B 的种种发展变化，那就是徒劳。所谓的逻辑论述，在此前提下论述已经毫无意义，这是所谓的哲学论文的通病。

哲学不仅是用来解释世界的，重要的是付诸实践活动才具有实际意义。哲学明确告诉我们，处世必将遭遇多种实际问题，并需作出多种选择。用哲学思想，作为生活工作的指导来选择工作，适合自己做的，感兴趣的应占首位。

自信而高尚的人，屏蔽抑或是控制了欲望中的某些行为，进入了精神世界，把快乐建立在思想层面，即所谓的形而上之学。形而上出自《易经·系辞》原文“形而上者谓之道，形而下者谓之器”。

形而上的道，可否用形而下的器描述其道呢？形而上的思想必然要反映在形而下的行为中。所谓的知行合一，是心理的、行为的统一。具体的学习哲学有点像绘画，既可以多读他人作品，又不能被对方之论诱导。自信是塑造自我成熟人格的先决条件。因此，一路风景绝美，吸引人的仍然是脚下的小草及自我选择的方向和目的。

一个人，生之无奈无数，即知其无可奈何而安之若命，唯有在哲学与艺术的思想引导下可以自由驰骋頡颃于十万八千里。

身体与思维、意识、思想构成了虚拟的宇宙，大脑与各器官的和谐共生，构成了健康完整的有机体。然而，这一切，却被时间限定了，因此，在有限的时间里去学习求知，并有所发现，有所创造。努力不一定成功，不努力一定会失去所有。游离的思维意识不被主观意识指导，便被潜意识支配，这是造成缺少主观思想意识的主要原因，人毕竟是在理性的主观意识下生活及完成工作的。

主观意识打盹，潜意识即大行其道。这两“人”像一对难于割舍的朋友，一个明枪实战，一个暗地出谋。主观意识有多丰满，潜意识就有多骨感，潜意识多是不被察觉的，认识自己从观察自身潜意识开始，重在不断地提高自我认知。

主观意识的常态，总有个落脚点，落在哪里，哪里就是“家”。比如把主观意识放在读书里，书即是意识的关注点。比如打麻将，主观意识即在麻将里。人之欲望都是主观意识下的行为，所谓的灵魂是主观意识的翅膀，是超我，是思想升华的状态。所谓创作一定是思想灵魂结出的硕果。

哲学对于意识的终极作用，是关于生存与死亡及死后其思想对于社会是否还有价值的追问。认识、认知是两个不同的复杂的概念，认识从感觉实践中来，而感觉的异同已造成认识的异同，正确的认识来自修正错误的感觉，因个体的差异，有些感觉是无法修正的，因此，认识是个复杂的概念，认识世界首先要认识自己。

哲学，不是宗教的“宗教”。中国的读书人很少有信教的，这是智人的高度，哲学的高度。对生活的认知，对社会的敏感，对自我的约束，这些都来自逻辑推理，来自哲学。人格，恰似一个人哲学的高度，当一个人遭遇绝望及难于解决的问题时，迷信就会成为“最好”的帮手，为什么？因为迷信会帮助你妥协，寻找虚拟的出路，有了出路精神才会得以安逸。那么这出路又是什么呢？因此，人往往在没有办法时，“迷信”即会跳出来。

哲学在探究问题的过程中是科学的、理性的。遇到问题理性分析，寻找系统的解决办法，在哲学的指导下，科学地解决问题，做事讲条理、顺序、先后，重要的前提是分清主次，划分主要矛盾与次要矛盾，分解矛盾，大事化小，小事化了。花半秒钟就看透事物本质的人，和花一辈子都看不清的人，注定是截然不同的命运。凡是被确定了基本原理及事物终极目的的问题都属于科学范畴；凡是暂时无法论证其终极目的及其意义的问题都属于哲学范畴。所谓的关于AI的未来问题不仅是科学的问题，其本质是哲学问题。

人的主观能动作用、选择与概括的能力取决于对事物认知的广度及深度。去认真思考，得到结论即形成了思想，有了思想还怕什么事吗？睁开眼睛看世界，生活不过如此。生命之美，在于选择属于自己的生活。

哲学的目的永远在求证的路上。哲学即智慧之学。错误的认识不会形成正确的认知，唯有正确的认识才会形成正确的认知。如果认识、观点是错误的，不会形成哲学思想，亦不会带来正确的结果。智慧来自真诚、善良及积极的人生态度。

知识不一定是力量，力量一定来自认知，哲学的认知才是力量。

五、哲学与艺术

哲学与艺术是人类思想与灵魂的家园，哲学是孤独的，艺术是走向大众的。艺术世界里，排第一位的是音乐艺术。

文学艺术也不及音乐艺术来得快，来得猛烈，来得深入人心。罗林化名“刀郎”，一把“大刀”刺向社会现实，意义非凡，深孚众望。

哲学与艺术终究是个人的事，如果我们的思想艺术具有人文精神，就会得到社会的认可，得到大众的支持，这是艺术及哲学的最高目的。

哲学为人生前行指明了方向，艺术是一路的鲜花与美景，少了哪一个，生活都会乏味，二者不是此消彼长而是相辅相成。

哲学与艺术其思想观点会因人而异，每个人在长期读书学习中积淀的思想都会形成独立的认知与观点。一个人的艺术水平及观点会以其思想的高度反映在其作品中，没有思想的高度哪里会有智慧？既谈不上哲学亦谈不上艺术。

一个哲学家或艺术家一定有独立之精神，自由之思想，随心而行，狂奏个体的生命乐章，不会落入任何窠臼，有多少人就有多少思维模式，在不抄袭、不重复下，能够互相影响产生共鸣者少，形成人文荦荦大端者少之又少。

绘画所反映的完全是个人主观意识的遐想，自我实现在虚拟世界中的意识形象。一切抄袭，或为赢得市场需求的绘画，算不上艺术作品，更无价值，艺术是抽象思维下的思想表现形式。

甄别艺术的好坏，是用心读画，凡是让心静下来，抑或是引人思考的作品就是佳作，凡是读之令人费解甚至心乱的皆是垃圾。

艺术有魅力而且有真伪之分，真正的艺术一定与生活、社会、人文有关。能让人高雅地恬静，并体味到生活的真味，就读有关艺术、有关绘画的书吧。当我们走进艺术博物馆，人自然就会静下来。记得在师大读书时有位美术老师醉语："我要让世人都懂艺术。"他的想法陈丹青正在实践中。财富金钱对知足者来讲不需要多少，却扰乱了多少人平静的一生，多少人走在艺术的发财梦中，又有多少人困死在"艺术之路"上。因此，对艺术有个深入的认识是十分重要的，艺术可以让人静下来并给生命一个归宿性的慰藉。所谓的艺术不是简单的绘画，生活中充满了艺术，厨艺、服装、礼仪都离不开艺术。因此，艺术本身就是生活，读书提高认知是识别真假艺术的最佳途径。

艺术本身就是生活

六、哲学与逻辑

逻辑是数学的，是客观的、严谨的，没有情感、动机、心态等的干扰。

哲学观点的不同在于立场的不同，而立场的不同永远是多角度看问题的不同。哲学的目的永远在求证的路上，哲学即智慧之学，如果观点是错误的，即不会形成哲学思想，因为智慧不会是错误的。哲学的尴尬在于外表的神秘及内容的深邃，这完全违背了哲学的初衷；相反，哲学恰是以寻求最简单、最快速地解决问题为宗旨的学问。

中国的儒家思想也有在概念上漏洞百出、不攻自破的，如果把情感、动机、心态代入逻辑就会是非不辨，陷入逻辑混乱。想想看“尊老爱幼”一句貌似有理的话实则问题严重。什么样的老人，老人什么样的行为值得我们去尊重呢？一个“熊孩子”的欲望泛滥不去教训又如何去爱呢？这些条件不清楚、是非不明确又如何去做呢？

哲学命题，是靠逻辑来支撑的，逻辑的骨架是靠数学来支撑的。思考的基础是求知欲，逻辑规则是推理正确与否的检验依据。

虚无是死亡带来的认知

七、哲学之用

（一）哲学的总体价值

哲学是智慧之学，以真、善、科学实践为基础。当任何事物处于矛盾无解时，哲学一定会在此刻出现，化解矛盾、探索未知、平衡事态，这就是哲学的最大功用，哲学会告诉你如何认识自我及认识这个客观世界，并告诉你哲学思考是一种能力。

哲学可以划分为两大关系：一是人与万物的关系，人与自然的和谐问题；二是思想意识与社会的关系，在于思想意识于社会是否有价值的问题。哲学会让我们知晓，我是谁？我即是那个既不相信宗教中所讲的教条，亦不相信宗教就是骗人的谎言的人，每个人都有自己的宗教及信条。

个人哲学是主观而独立的，那些坚持自己的原则而宁愿不快乐的人，事先已经为自己的幸福设定好了条件，不符合这些条件就快乐不起来，可见主观意识的自信与强大。哲学是智慧的思维，这个智慧首先是自我觉醒（发现），是从认识（知其然）到认知（知其所以然）的过程。认识他人及客观世界，一定是从自我认知开始的，这便是学习哲学、认识哲学的最基本的意义。

哲学不啻是智慧的，更是美的，哲学问题重在分清立场问题，立场决定了看问题的统一性，用最简短的语言把复杂的事物简化讲清楚，质疑仍然存在，因此，哲学重在立场，其次在于追问。哲学不一定会指导科学的发展，但从哲学的角度可以一窥科学的走向及对人类社会发展的利弊。

哲学可以使生命更具力量，更具方向。没有哲学的生活其灵魂没有归宿，一个人绝望时为什么会祈求于上帝？所谓的宗教起源从求神、祭祀开始，人处在绝境中等不到任何救援，因此才会祈求上帝的帮助。当生命的航船毫无方向时，人们只好用上帝的十字架作为灯塔，这是向外求援，依靠他人的帮助。哲学是智慧之学，与宗教意义正好相反，一个人相信哲学、相信智慧，在遇到问题时总会去努力想办法，积极应对事态的发展，这是向内求索。

每一个人的大脑都可以虚拟一个世界，把这个虚拟的世界与客观世界如何对应起来？为什么要对应？这是另一个问题。总归读书，不停地去学习，才有可能实现对应。

每一个人的大脑都可以虚拟一个世界

莫泊桑讲过："普通人一般极少去想那些有关人生价值以及和世界观有关的问题，只有当死亡来临或平静的生活中出现重大变故时，麻木的内心世界才会受到哲学和宗教的触动，但那时往往已为时太晚了。"因此认知存在的价值及意义必然要从学习哲学开始，哲学会告诉每一个学习哲学的人，生存必须有目的，重要的是生存方向。

哲学完全是个人的事，注意力在哪里会因人而异，立场在哪里？追求在哪里？使命各有不同，重要的是他人的思想足以给自己的思考提供一个良好的参考。生命中随时都有一项最重要的事去做，此时最重要的事是放下书本，看看蓝天。

（二）学习哲学在于提高认知

人人都会成为哲学家，这话有趣也有意义，因为哲学意味着与智慧的贴近。人之一生因无知无智而悲，因求知好学，保持兴趣而悦；因认知不断提高，智慧人生方显价值。中国哲学始于老子，老子的哲学是自然之道，是恒道，偏离自然之道皆人为之道，非恒道。时间、空间、宇宙都是人造的名。

关于意义，什么意义都是以人为中心的臆想，皆人为之事物，在宇宙面前都不是事，只有人的意识对此纠结不清罢了。无解的问题是，宇宙是哪儿来的？其运动变化的规律是哪里来的？人类存在的时间太短，而无法做出判断罢了，这需要的是宇宙允许人类存在的时间足够长，才会有问题的终极结果……

幸福在于天人合一，认识世界是每个人的必走之路，适应这个变化的世界远远比想要改造这个世界来得科学，所谓的适应是因地制宜、因势利导而不是被动屈服。存在之要是保持灵魂清醒，是意识存在的至高之举。通过学习提高认知是学习的目的，认知的高点是用来解释世界的，并为人类进步而服务的活着就是提高、改变认知的过程，认知构成了智慧世界的全部，因此，认知同时也决定了人的一切。

生命是用来历练的，不是用来享受的。吃葡萄的方法因人而异，把最好的留在最后吃（至少还有希望）与笑在最后是一样的。陶行知讲："大雨过后有两种人，一种人是抬头看天，看到的是蔚蓝与美丽；一种人是低头看地，看到的是淤泥与绝望。在这个世界上没有什么是绝对的，事情的好与坏、事物的得与失，都取决于人的心态。"大雨过后有三种代表人物：一是鲁迅，他看到了洪水，详细地描述了洪水的危险并思考如何去治理；二是莫言，他看到了淤泥与绝望；三是毛泽东，他看到了蔚蓝与希望。

给生命找个方向，为什么要吃饭？这个问题不用问，为什么要睡觉？这个问题就有了深度，为什么要学习、锻炼、考试、升学、学位、赚钱、成家、立业……创造、贡献……为什么要真诚、善良、无私、奉献……为什么？请给自己一个答案。

给生命找个方向

为什么知道了人之归宿，为什么还要活着？如何活着更好？如何活着人会愉快幸福？如何不惧怕死亡？为何有时度日如年？有时又觉时间飞逝？这些问题的答案都在哲学里，学习哲学就是寻找一切问题的答案，并给今后的人生找个方向……

第二辑　哲学散文

一、哲学终在信仰

欧洲人的哲学个性十分强烈，突出的个人观点具有鲜明特征，与之相反，中国人的哲学往往是在消化了前人思想之后而得出的新论，个人观点明确，不失古人传统大意。

哲学之源终在信念、信仰之中徘徊。古人之生活节奏十分缓慢，想想与现在人之生活完全是另一个世界，没有电，没有机械等的噪声，有的是家畜虫鸣，因此，古人思考问题的连续性及关注度完全不像今天。

现代人的生活因节奏之快、变化之大、注意力之分散，对任何问题都会缺少应有的深层次的判断与分析，而市场经济下的利益冲突更是影响当今人们深入思考的主因。社会的多元化已完全包围了个体欲望的所有出口，忙碌的生活中时间节奏早已上了快车道，日月穿梭，时间在飞逝，对问题的深入思考早已顾及不暇。三十而立还来不及谈婚论嫁转眼已是不惑之年，虽然生命已不是七十古来稀，死亡却就在眼前。因此，今人谈论人生哲学，死亡这一概念必在讨论之首。

因有死亡，人之存在必问其意义；因有死亡我们必问眼下之所为是否值得去做。死亡哲学是讨论人生意义的起点，存在是为死亡做准备的，肉体可以化为黄土，灵魂必求归宿。人生意义各有不同，从喜欢的事做起，确立一个可以实现的目标，于是就有了努力的方向，努力的起点。

人毕竟是要有长远规划的，所谓的人无远虑，必有近忧，在实现多个小目标的过程中，大的目标如水到渠成自然会呈现出来。

人生终极目的是什么？此问是个哲学问题，必然涉及存在的意义问题。因为什么，我们会如此努力，执着不懈，灵魂必然要有所依托，这就是信仰。有了信念或信仰，会感到生活的充实，不再无聊，从此生命被赋予了意义，人生从此豁然开朗，生活充满阳光。

灵魂必求归宿

二、群贤众说我说了没说

群贤在说天下事，累而无眠，大脑一片混沌，一觉自然醒，休整完成，精力充沛、健康。

健康者身有不适，早发现、早预防，病者有疾而难于发现，因此，身心健康是健康者高效思考与高质量生活的保障。

语言的健康必来自身心健康者的述说。

孔子曰："学而时习之，不亦说乎。"

老子曰："知人者智，自知者明。"

庄子曰："不知周之梦为蝴蝶与？蝴蝶之梦为周与？周与蝴蝶则必有分矣，此之谓物化。"

荀子曰："天行有常，不为尧存，不为桀亡。"

朱熹、王守仁……说了许多许多，全没记住……

季羡林说："活着不能做后悔的事。"

余秋雨说："无论怎样，活着还是美好的。"

叔本华告诉我，我才知道我是谁。

尼采告诉我，活着必须有激情。

萨特说："别把利益当回事……"

我说："此中有真意，欲辩已忘言。"这是五柳说的，借来一用。

我说了，没说……

三、生命与死亡

死亡之意义远远大于生，生是暂时的，死亡却是永恒，为永恒立一座丰碑是生的使命，而死亡是使命的完成，对未来的认知，从死亡的概念开始。

物质是被动的受控的，意识是主动的相对自由的，却又为基因遗传记忆所控，个体意识的存在同时为肉体的生命所控。

“当我存在，死亡尚不存在，当死亡存在，我已不存在。”恐怖却是存在与不存在之间。那个转折来得越突然越好，注定要死亡，因此，此生来一程必有使命，完成使命后，死亡那便是很好的归宿。

人生有许多无奈，无奈生，无奈死。父母无则，更要感恩，毕竟人生一场，悲喜交集，旨在曾经走过……生的意义旨在明理，一切事物皆有因有果，若如活水就好，自然流淌……

奇妙的是，只有当生命的终点追近时，一个人才能真正认识和理解真实的自我，毕生追求的目标才会明晰起来。所谓智慧的人大概就是发现这一点更早的人，而非在临近死亡的关头，智慧从读书及实践中来，健康在运动中持有，给生命一个存在的理由足矣。

主观讲人活着在于寻找目的，客观讲人活着只是一段有趣无趣的时间，目的不一定能找到，死亡是必然，从这两点来看，人如果不出生会少了许多麻烦。

既然存在，即可将计就计，寻找目的是否存在是抗拒死亡的唯一办法，寻找目的，必先寻找其存在的目的及理由。人人希望人类和平繁荣，人人希望子子孙孙世世代代，只为这两点，人与人相爱吧……只为曾经的存在及希望足矣。现在即当下，踏入同一条河流，因时间、空间的改变已不是那个现在那个当下，停不下的时间，不复还的生命，未来是死亡，可一切希望都在未来，因此，为灵魂寻找归宿仍然是希望。

死亡的启示

四、知识、认识与认知

知识的概念包罗万象，是人类对物质世界以及精神世界探索结果的总和。对个体而言知识是外在的，认识是主观对客观的感知、记忆、想象及心里活动的思维过程。对个体而言认识有深浅之分，认知是深层次的理解。认识与认知的区别，前者是对事物概念的理解，是知其然的过程，后者是对所掌握的所有知识的理解消化后的综合判断及对事物发展到结果起因的理解，是知其所以然的过程。知识面的大小及专业的学习，决定了认知的宽度与深度。知识还不是力量，对个人而言认知才是力量，也是能力。

最幸福的人是把自己做好；最痛苦的人总与他人比较；最自由的人是做自己喜欢的事；最受束缚的人是生活中没有方向。

个体的存在，重在不断觉醒，以提高选择概括的能力。存在需要存在的理由，人有两个生长期，一曰生理生长期，二曰心理（世界观成熟期）生长期。在生长期中人的生存理由愈充分，生存欲望愈强烈，当生长期一过，生存理由随之而降，一旦生存希望（理由）被毁，生之欲望随之破灭。

人生四观：宇宙观、世界观、人生观、价值观的形成意味着今生使命的奠定，这个使命是人之生存的最大理由。

无知就是罪恶，认知比健康重要，因为健康来自认知的支撑，因此，今天不是健康不健康的问题，是如何才能健康的问题，这仍然在于认知的多少。

对自身的观照，从认识自我开始，这里不仅有物质的、物理的，重要的是生化的、心理的、灵魂思想的。

观照灵魂，从自我意识开始。注意力、关注点及人们常讲的心思在哪里？思绪常常落到什么问题上？所谓的自知之明从自我教育开始，从认识自己、自立自信开始，关爱自己从读书开始。

登山者不畏惧牺牲不是不爱自己，灵魂也许比身体更重要。拯救一个落水的人，急不得，等待其溺亡前救起，这已是英雄“行为”。一个盲从的灵魂总是自生自灭的，哪里需要拯救？无知远远大于认知，因此，认知是发现自己无知的过程。

所谓垢的形成皆因少了变化，所谓的流水不腐，户枢不蠹，皆因时时在变，求变、变通终在于思想的广博。

自爱与认识自己

有事说事，有问题讲得清楚，这些认知皆来自对生活深层次的理解，对自身的观照，从认识自我开始，对客观事物的认识与对自身的认识其难易程度是一样的，重要的是心理的、精神思想的认识。

认知与认知学

提出认知学，这是余在学习哲学的过程中的体会。无论我们谈到什么问题，遇到什么问题，解决什么问题，摆在我们面前的首先是认知的问题，认知不同很难达成共识，所谓的统一认识是提高认知的过程。

学习哲学、应用哲学重要的是提高认知的过程，乃至贯穿整个人生都是一个学习提高认知的过程。那么人的认知是如何提高的？欣赏敦煌石窟艺术可以读到这一幕，在众多的石窟中，158 窟令人难忘，此窟建于唐代，以释迦牟尼涅槃为主题，众僧及弟子前来举哀吊唁，其中有初入佛门的贵族地主因不谙涅槃真谛，因而悲伤不已痛苦不堪，在佛陀身后表现出多种悲哀之举，有割耳者、剜眼者，更甚者有锯腿者……居位靠上者的众罗汉则表现出深谙四谛，大有我主已进入极乐世界之感，表现得不再哀伤。再向上位者是众菩萨，则表现得更为夸张，人人保持乐观，开怀大笑。三者之所以视同一事有不同表现，正反映了对同一事物的不同认知。

如出一辙，东汉王充曾提出："涉浅水者见虾，其颇深者察鱼鳖，其尤甚者观蛟龙。"可见人与人的认知不同会造成不同的结果。因此，学习佛学我们可以深谙四谛，通过实践由浅水到深水的一番领悟，深察水中之物，依然可以认识到从虾到蛟龙的过程。

因此，我们可以给出认知学一个简单的定义：认知学是探讨研究关于人的认知过程及通过认知来解决实际问题的学问。认知从概念到知其然开始，到知其所以然为目的，所谓的知识、概念、认识、应用等是一个需要理性的学习过程。

知识是包罗万象的，概念是具体的，认识是个了解事物的过程。认知是对一事物的知其然、知其所以然的理解并可应用于实践的知识及能力，因此，我们可以这样讲，知识还不是力量，认知才是一个人真正的力量。

当今社会乱象种种，培训也如此，花四万多元人民币去学习哲学？这不是让哲学回归大众，是让哲学去死！记住：真正的学问只会帮助于人，助你一臂之力，远离欺诈。今天的大众哲学可以更名为"认知学"。

认知学并非形而上的，它是在科学认识的基础上进一步完善认识的过程，包括心理的、情绪的、自我认识程度上的学问。

弗洛伊德讲的本我的属性，即人之本质属性，是动物的属性，人自形成完整的主观意识后，人性才得以发展，是后天的人文主义精神对人的影响，人才能成为具有道德意义上的人，因此，人之认知是在不断的学习中完善的并在这一过程中提高的。认知没有终点只有更高乃至无穷无尽，这即是必须活到老学到老的终极法则。

人之本质属性，是动物的属性

拿食物来分析认识的过程，一开始营养学提出花椰菜可以防癌，后又发现花椰菜中含嘌呤较高，不宜多食，因此世上没有放之四海而皆准的真理，长期仅食某一种食物就会中毒。天地滋养万物，万物滋养人，这就是知其然、知其所以然的过程，是从认识到认知的过程。

认知远比财富重要，认知在前财富在后。认知的深邃将引导人生走向善终。胡塞尔的现象学反映在人的认知中就是认知学，人不同认知不同，对事物的反应不同。

人之一世终是主观意识的，主观意识终有一愿，或是信念或是信仰，这一点亦只有在创作中呈现出来，除去这一点之外一切皆是烟云，随风而过。

关于善，什么是善，善即德。哲学是善，文学艺术是善，信仰是善。所谓的上善若水，就像水一样，能够通利万物，而不与万物撞击。正是：万物并育而不相害，道并行而不相悖。

我对哲学的认识

生活是入世哲学，思想是出世哲学，认知从实践学习中来。无知就是罪恶，认知比健康重要，因为健康来自认知的支撑，因此今天不是健康不健康的问题，是如何才能健康的问题，这仍然是需要提高认知的问题。

愿意看不愿意看的世界就在那里，眼睛是自己的，选择是自己的，看与不看结果固然不同，不能忽略的是人的意识却在此发生了改变（触景情变），却浑然不知。人的主观能动性是否可以发挥其应有的作用，要看认知是否在线。

物尽其用，事若活水。人生没有什么命运的问题，是认知的问题，选择的问题，是认知决定了一个人的选择。知识不一定是力量，认知才是能力，是力量。

五、个体人的存在

存在本没有理由，因为谁也不知道自己为什么会存在？真从天上掉下来的一般，既已存在，寻找存在的理由吧。重要的是为什么有人要穿越巴丹吉林沙漠，他的理由是什么？也许与结果有关，穿越前还不能确定……“生命如此短暂，我们没有时间去互相争吵、道歉、发泄、责备，时间只够用来去爱，可它又只有一瞬，令人惋惜！”因此，无论做什么抓紧时间开始吧！

人是群居动物，人与人的关系显得尤为重要。去理解就是去爱，去爱就是去帮助，其结果，就是在帮助自己。健康有质量地活着，就是一场饕餮盛宴。灾难与痛苦是通往幸福大门的必经枢纽，幸福美满也许是灾难的征象，正所谓旦夕祸福，悲喜无恙，人生没有“悲欣交集”，无悲无喜，笑终在天人合一。存在必求存在的意义。

人品及习惯决定了存在的意义，改变存在的意义先改品行，再改习惯。好的习惯成就一个人，坏的习惯当然要毁灭一个人。存在需要生存的理由，比如家有爱、有和睦，就有了充实的感觉。再比如有喜欢的工作，有自我生活目标，依然充实，这些皆与人之思想、意识、追求有关。有生存理由就有生活的方向，有方向即有希望。相反，人会有失落、空虚、无聊之感，仿佛一切都失去了意义。此时的人，情绪低落，无名的愤怒、乖戾的行为随时可以爆发。可见存在的意义及存在的理由与存在的终极目的息息相关。存在必须追逐其意义。

有生存理由就有生活的方向

每个人都是一粒种子，但不一定都会发芽，发芽的种子一定是个完善而成熟的种子，没有自然的锤炼，不经历风雨不可能成长为一颗完善而成熟的种子。

作为个体人我们来看看鲁迅，他是文化都督，讲得准确点是人文精神领袖。鲁迅骂人，骂女人自套枷锁，骂男人得势欺人，骂人的不是之处，却要人类走好，因此，鲁迅是永远活着的人。想起鲁迅就像看到一把刺向一切黑暗的火剑:“敢于直面惨淡的人生，敢于正视淋漓的鲜血……”，这才是真正人文意义上的文人。

六、认识世界认知自我

认识世界就是认识自己，自己是包括在世界里的。认识世界从学习哲学开始，哲学是智慧之问，认知是哲学要达到的目的。

讲哲学首先要讲立场，甲站在云上谈天气与乙在云下躲避雨水两者是谈不拢的……

有了统一立场，问题已经解决了一半，同一立场感受接近，认知接近。问题的复杂其实还在后面，人与人不同，首先是存在环境的不同而造成一切的异同。张三一出生就在山沟里，李四一出生在城市里，这个巨大的不同是一切不同的根本。

哲学原问我从哪里来？答：被上帝随意抛在世界而来……问：人要到哪里去？答：到天堂去，过最美的生活……问：那么你是谁？答：我是自由意志者……问：你终要什么？答：要富有！“为什么要富有？”“你说呢？”这里会出现反问。意识的追问其结果一定走向悖论。比如富有了会怎样？做更强大的企业，强大的企业会怎么样？引领世界，引领世界会怎样？成为世界霸主又会怎样？存在必然是暂时的，地球对人类而言“永远”依旧。因此，人必须在有限的存在中得到一个有限的认识答案……即人之终极目的。

人生没有意义，是人生看不到希望者的答案。人生有意义是那些看到希望的人。希望是个目的，是一种信念，是灵魂安放之处。因此，人生终归虚无，则必有一虚无的意义。看似虚无的意义，实则是思想灵魂的寄托。“未经他人苦，莫劝他人善”，这里依然是人不同信念不同。值得推崇的是鲁迅的信念，“不原谅那些一切可恶的……”其信念的终极目的是为了人类社会的走好……

七、识书读书写书

读书是个人的事，写书还是个人的事。读什么书，怎么读，读书的目的统统都是个人的事，与他人无关。有个关键的问题是：有时间打牌三年与有时间读书三年后，两者相比可就大相径庭了。

读书，多读一部书，多活一世。作者殚精竭虑、焚膏继晷、夜以继日久而成文之后，读者一时一读几日通读，无论作者生存感悟、悲欣交集跃然纸上，读者有闲有茶一阅而就，这是多大的收获，莫大的享受，何乐而不为呢？

读书是个人的事

写作，写作是读书的结果，世上没有不读书的作者，写书是为了让他人看到书写者的思想。没有哲学作为写作的指导必然有滑入政治、权力、利益泥潭的可能。因此，写者比读者难，读者却要有更高的认知来赏析作品的“美”。文学讲公理，数学有定理，文学之公理乃天下人文大义，经纶满腹的公理贵在弘扬与应用。

“俗气不是负面的缺陷，是正面的过失。”满招损，谦受益；曲则全，枉则直；洼则盈，敝则新；少则得，多则惑。万事有度，膨胀则过。悠悠万事中庸为大。

读书“坚守自我、独立思考”，读书重在以哲学意识去思考问题，其人生终极目的及其意义在读书中自会有答案。人有别，书也有好坏之分。所谓的意义，是大同，天下为公的而非个人的狭隘。

一幅画什么都可以不论，只讲感觉。书就是拿来读的，一部书必讲其存在的理由，书可以让人明理，知其黑白，有些书貌似让人明理，实则站在猥琐的个人利益的角度上，阐述连自己也被套入的狭隘媚俗的“世界里”了。

有部书谈人生20件重要之事，有趣有高度：

1. 朋友——你永远需要一个朋友

2. 妈妈——长大以后别忘记妈妈的好

3. 宠物——宠物拥有神奇的治愈力

4. 美食——美味总是和美好时光相伴

5. 兄弟姐妹——比朋友更亲密的人

6. 音乐——令人愉悦，给人安慰和力量

7. 床——放上需要的东西，它就是乐园

8. 长者——有智慧、乐于倾听的特殊朋友

9. 故事——了解自己了解别人的通路

10. 柔软的东西——抱一下烦恼全消掉

11. 发现和发明——解决星球出现的具体问题
12. 一个房间——私密之地就是能量补充站
13. 漂亮衣服——仪式非常重要
14. 生日——人都渴望被祝福，也渴望收礼物
15. 自行车——感受风，感受自由和力量
16. 痛苦和失败——无可避免，试着接纳
17. 挑战极限——临界状态，再努力一把
18. 家庭——让身边都是爱你的人
19. 团体——结识更多人，拥有更多归属感
20. 恋爱——世界上最美好的事情

读书是爱好、能力、习惯，读书可以通过他人的人生丰富自己的人生感悟，读书可以从他人的生存中“延长”自己的“生命”，读书可以让空虚的生命充满生机，读书是让意识占据生命主阵地。读书、写书是个人的生活艺术，无关他人，这就像评判一件艺术品，一人一赏识，值得推崇的是看看那些名著作者们是怎么讲的，这很重要……

固化思维模式是因为在长期的生活中形成了自认为正确的生存理念，却忘记了世界没有不变的真理。认知的提高在于不停地更新生存理念及不断地提高认知能力。

读书是生活可以丰富灵魂，读书是为灵魂寻找归宿的最佳途径。读书给人力量，鲁迅是读书的人，是用灵魂改造世界的人。假如世界上所有的人都是喜欢读书的人，这个世界一定是觉醒的世界。

八、“成功”的人生路

成功的意义何在，为什么要有成功？人生自上枷锁，活着像条龙不能像条虫。成功的意义旨在幸福与快乐的诱惑，是诱惑未免有些愚昧，人生努力本身就是快乐与幸福，种种目的一旦实现，人生不过如此。

努力的人生本身就是快乐与幸福

悲惨的人生，出生没有平等，成长环境没有平等，劳动工作没有平等，收入支出没有平等，有的只是人生的无奈、失败的教育、失败的人生、失败的学校。人生靠自己，唯有靠自己，重要的是自信，靠双手改变一切。

考个状元就是成功？考上清华北大就是人生高地？人生在任何状态下都有其状态下的悲哀与快乐，不能忘记三百六十行，都有高手。人在劳动创造中获取价值，学生，学得再好都不是创造，有什么价值？100分？状元？比别人多记点，多做几道题，有价值吗？上了清华北大成功了吗？

从人生总体看，这些都没有确定的意义，上个学只是人生第一步……人生的成功原在你要成为一个什么样的人，然后是做事，无论事业大小，对社会有益足矣……

作业不过夜，灵感随时记，幸福是种习惯。有个人他经常骑着一匹瘦马，带着家中的小童子，边走边思索，一旦有了好句子或是来了灵感，他便把所想到的“火花”急速记录下来，并把它们投进小童子所背负着的小锦囊里，时间成就了他，靠的是积累。

所谓的成功，即养成一个良好的习惯，读书学习成为习惯，不会觉得在付出在努力，这里没有成功，有的是存在的快乐，让习惯成为幸福生活的重要组成。

九、人，宇宙之趣在人

人是意识存在的形式

“通过自由的选择去从虚无中建立你的存在，以你的行动去获取你的本质！”这说的是人，却要在意识的指导下来完成，因此真正的主角是意识，意识是人的主人。对个体意识来讲，虚无是永恒的。令人惊诧的是，意识以人的形式曾经存在过，这是实实在在的，人是意识（灵魂）的存在形式，切记人的本质是精神的、意识的、思想的。

人对生存的物质需求有限，对精神的需求无限。给此生一个终极人生目的，是存在的最大的价值，这个目的是精神所需的灵魂归宿。

人是自然的产物，不认识泥土不行；人是因意识而有智慧的动物，没有科学不行。人类创造了人文社会，这是人类走向文明的必经之路。

人与人

他人即地狱亦是天堂，为什么？他人可以给你带来幸福也能引你进入不幸。人与人因距离而保持友谊，人是群居动物，又以性情相合者而友。这里大有文章，有商人曰："只有永久的利益，没有永久的朋友。"君子却说，有永久的朋友，却没有永久的利益，利益毕竟是暂时的。人性不同认知一定不同。子猷见戴逵，未曾谋面却兴尽而归，讲的是意念转移，思想性极强。人与人终是思想的交流，认知的一致，方可天长地久，来日方长。人与人建立在任何利益关系上的情谊，终是短命之谊。非有认知一致不可。

莎士比亚："我们常装出信仰的表情和虔诚的举动，却用糖衣来包裹恶魔的本性。"巨人的臂膀是我们走向光明的阶梯。

两片相同的树叶，没有，树叶如此，国家如此，人亦如此。因此，他人不可学，唯有做自己，哲学与艺术的根本亦在此。

人之初因个体差异的不同，终将造就思想的不同以至追求不同、生活不同，多变而灵活的思维会让生命异彩纷呈。人的不幸是知道自己终将死亡，故人是悲观的动物，既然还没死，活着就是最大的幸运。

人毕竟要走自己的路，自己的路是个什么路？此路在哪里？他人不是你，这个路永远是个自选题。

弗洛伊德讲人有三我，不用那么多，两我即可。一曰肉身，二曰精神（灵魂），躺在床上完全可以让灵魂跳至天花板上，回头看看床上的肉身，问声：你好。没有肉身的存在，灵魂住哪？没有肉身的健康，灵魂也会萎靡。弘一法师企图出家而寻归宿，却终未找到，因此悲欣交集。尼采发现一切束缚人类思想自由的东西都是上帝的信条，它不仅不能拯救世界还会绑架人的思想，因此尼采宣布：上帝死了。尼采的另一意图是你，你一定要有一个自己的上帝，这个上帝与他人无关。

人之复杂不亚于宇宙，而人之大脑更是意识生产的加工厂。活跃而高能的意识对其自身却无法诠释。大之无外，小之无内，意识可以无限虚拟一切，却难以找到自身的“出口”。

人生之无奈：人在自然面前，在肉身面前，更多的是无奈，无奈被生又无奈而终。人生一世实则身不由己，还欲望百出，空欢喜一场，永远地虚无……意识终将以思想通过某种媒介而保存下来。

最幸福的人是把自己做好；最痛苦的人是总与他人比较；最自由的人是做自己喜欢的事；最受束缚的人是生活中没有方向。

一人一世界，就像我们知道胡适之也要知道杜威，知道钱锺书、梁遇春也要知道温源宁一样。知道高更、塞尚也要知道卡米耶·毕沙罗。

各种人的逻辑

商人讲生存的逻辑，不赔，还要赚。

政客的逻辑讲权力，权力保持善的一面是政治正确。

艺术家什么都讲，什么都不讲，有目的也没目的，逻辑经常被颠覆。

哲学家的逻辑很明确，理性且有理有据，一旦逻辑受阻或是短路就是悖论。

认知决定了智慧

人的狭隘是为时间、空间的蒙蔽所造成的；人的智慧来自对时间、空间的超越认知。

生存的动力，有目的占第一位，有希望就有动力。为生存花样百出，明确的商业行为，一切不离利益，职业与环境会限制人的想象。

人有两好不可取，一曰见不得他人的好；二曰事事好。前者嫉妒他人，后者满招损。

竞争是社会人存在的基础，却不知道跳出竞争的自由，万事有度中庸为高。人各有志，人生是自己的，选择适宜自己独一的路，终是一个认知及实践的过程，趋之若鹜，利益的云翳会遮挡我们前行的道路。

少食的健康在于精神的饱满，饭要少食，是让你的五脏六腑轻而易举地把它干掉，饮食是“艺术”，生命的意义从饮食做起。

选择适宜自己独一的

十、高尚的智慧、幽默的趣味构成美

艺术，写不尽人间哀乐，画不尽天堂美景，艺术美美在多变，艺术好好在可圈可点。真艺术直击心灵与众生共鸣。幽默至理是艺术的灵魂，枯燥的现实生活经文学的艺术描写，哪里还有寂寞？呈现出的是鲜活生动的命运。美的构成，自然是构成美的基础，趣味是美的灵魂。

生活的艺术，把世俗玩雅，靠的是文化、认知，生活即变得有趣而高尚。亦有甚者把文化艺术玩成垃圾行为，皆因人的认知不同。文人画，践行人文思想的画家之作，中国画之奥妙，笔墨取决于功夫；画境取决于观察事物的深度；画意取决于对社会的认知深度；色彩取决于心态；形式取决于变化的能力。

中国画是人文精神的艺术，人生不是简单的过程，是一次永恒的冒险。中国画是人文思想的图示，机会有限难于掌握，笔笔之趣生生不息。“时间是有限的，一步没做好就耗掉了一次机会，这样的消耗多了，不是后面的弥补和调整可以转变的，于是整体的质量被拉低了——这不是一件作品的创作过程，而是每个人的生命体验。”

美，美是生态、心态的暂时完善，是个动态过程。作品的美只是记录了一段精彩，美会因时间地点而改变其态，更会因心态而改变性质。

万物有灵，“山水画经过一千多年的发展，其思想性就应该体现在生活空间、笔墨技巧、意境与时代性上”。笔墨再有深功，无思想不成。思想是意识的终极产物。

风格，像是作者自选的鲜明的外衣，实则是人格、人品的固有属性而决定的。风格不是主观意愿的结果，却能反映出主观意识下的思想情操；风格没有什么好坏之分，却能反映出主观思想的深邃与肤浅。

什么样的画值得一读，艺术是个人的事，画画更是自己的事，怎么画？画什么？是意识活动的结果，按黑格尔的理论即精神现象。不抄袭、不重复（自我）、不画照片，只画心绪的感受，可谓已在艺术的基本要求范畴里了，见到这样的画应该好好读一读，作者是用了心的。

绘画可以是轻松的，也可以是深刻的，无论轻松的、深刻的，贵在趣味。艺术的好，能让人高雅地静下来，并体味到生活的真实意味。记得在师大时有位美术老师醉语："我要让世人都懂艺术。"他的想法陈丹青正在实践中。

财富金钱对知足者来讲不需要多少，却扰乱了多少人一生的平静。艺术可以让人静下来并给生命一个归宿性的慰藉。

色彩语言，色彩是绘画的语言。绘画讲究色调，音乐讲究音调，谈话讲究语调，讲话也要有"声调"。无论哪一调首先要和谐，中国之大之多元，和谐一定是个主调，因此，无论做什么，"中庸之道"、有度有限正是"高级灰调"，正因为它是和谐的标志。

水墨画，中国画具有高度的和谐色调，甚至只讲水墨，全无色相，然而画面依旧有层次、有色感，水墨之高雅真乃阳春白雪之美，美得和谐，美得宜人。

水墨画水与墨的和谐

自画像，画家之真性情无不在真实表达着对人生存在的惊诧。库尔贝的田园风光之作，优雅闲适，画个自画像却一反常态，仿佛瞬间看到了一派和谐背后的恐怖……自画像往往会表现出作者的不寻常的一面。这即是艺术家最好的心态，艺术忌重复，少了新鲜感，求变不仅仅是艺术存在的魅力，更是一切事物生存的法则。

是艺术不会是笑话，把恶心撕碎当艺术，总还是远离了艺术。真艺术之高之雅一定是远离政治的，远离低级趣味的。

现代艺术的荒谬与美丑：马塞尔·杜尚用一个小便池把现代艺术冲出一个缺口，冲开了潘多拉的盒子，任由魑魅魍魉在艺术的巨魔之下肆意横行。有人称他是严谨认真的艺术家，是20世纪实验艺术的先锋，是现代艺术的守护神，也有人称他是高雅艺术的嘲弄者，是艺术花篮中的一条毒蛇，是毁灭美的恶魔。

十一、哲学的十大功用

谁说哲学无用谁就不懂哲学。

学习哲学的十大功用：

1. 去除愚昧
2. 崇尚光明
3. 快乐有源
4. 识别事物
5. 甄别错误
6. 分出主次
7. 画出重点
8. 选择有方
9. 幽默智慧

10. 确立目的

十二、人类的十大善举

1. 政治的善良是政治的生命。

2. 思想在前信仰在后。

3. 科技进步离不开人文思想的指导。

4. 商业一旦背离人性，终将自毁。

5. 知识只有被完全消化转为认知后，才会变为力量。

6. 还历史的真相，用人文思想来做批判。

7. 独立人格，自由之思想。

8. 幸福是努力后的自由。

9. 通过劳动得到的价值，是物质与精神的双富有。

10. 权利关在笼子里，无为而治，即哲学之力。

十三、认知远比财富重要

人类社会巨大的财富不是金银而是智慧。认知是产生智慧的基础，知其然知其所以然，远比拥有财富重要。宁愿清贫地活，不要浑浑噩噩地富有。

1. “未经审视的人生不值得度过。”没有热情的生活亦不值得过。

2. “许多赛跑的人失败，都是失败在最后几秒。”而不是什么输在起跑线上。

3. “世界上最快乐的事，莫过于为理想而奋斗。”人必须有终极目的，正所谓人无远虑，必有近忧，终极目的是人幸福前行的灯塔。

4. “我只知道一件事，就是我什么都不知道。”这句话的意思是：对万物我们只了解个皮毛，即一知半解也，用概率论统计一下，所谓的“知道”总是趋零。

5.“一个好女人，能把男人变成快乐的人，一个坏女人能把男人变成哲学家。”女人真是男人的大学。

6.“我们需要的越少，越近似佛。”人不能无欲，却可以知足。

7.读书，可以让生命发挥最大的效率，生命“最长”的人是读书最多的人。

无知是恶的祸根，认知是存在的根本。理性不是个单一简单的概念，理性可以说受N种性质所支配。可以这样讲，立场、情绪、爱恨、欲望所指等都会与当下的理性有关联，因此，任何作品的复杂性，也在这里。

意识分离，可以把自己的肉身看作天赐一物，此物多能且不可胡来。研究自己，定义自己，给肉身一条出路。意识之外，在接受中寻找对策。了解一事物的程度与认知成正比。无关生死之事都不是事，知足而乐，知善而行善，知足而有度，不去比较只管努力，有一种痛苦、心理失衡是通过比较带来的。有一种知足之乐是做好自己，无论学习、生活、工作一人一样，没有比较没有压力，没有比较自得其乐，只管做好自己，一切皆好。

完美不一定是好事，至少已滑入衰败的起点。人生的无奈一路都是钉子，因此如何生出一把“斧子”才重要。“没有新见解，就不必写文章。”即使有认知，也未必要说出来，讲出来就是自认为是真理，来等待批判或他人的认可。

黑猫白猫之争，毁灭人性之为。对AI的认知，可以从审视人性开始。

黑猫白猫

出身豪门，名校毕业，一夜暴富，金榜题名，这些都不是什么成功，仅是一个起点。

“当那层不可一世的自信和完美无缺的光鲜外表被剥离之后，你会惊讶地发现，这群年轻人身上寄居着令人窒息的恐惧、焦虑、失落、无助、空虚和孤独。”一切不幸，不会太久，变化的世界，变幻的生活，通往“罗马”的大道岂止一条。

有部长的水平，好好做个局长、处长，为人民服务；有教授的水平，好好做个谦逊的普通教师，为人师表。切不可只有科长的水平却争个处长来受罪。

智商不在高低，智商与钱一样，够用就好，不在多少。听到的都是可以不听的，需要听到的，恰恰是无法听到的。

社会，一个社会善人越来越少，生存原动力会从努力靠自己变成以投机为主……即使这样，余依然选择善良。

人生，人生要经历三个世界，一曰无知的世界（童年的）；二曰求知的世界（青年的）；三曰一知半解的世界（老年的）。人生有两大境界，一曰兽性的；二曰人性的。人大半是两者皆具的，或是变来变去的，亦有长久的始终为人的人。

环境控制与轮回，今年一片荒地长满了野草，总有占据上风的植物群。一年后又一春，你看看那片荒地植物群落变了。此起彼伏，此一时彼一时。

万事开头难，说的是形成习惯之前，老了不一定要画画，生命存在，有趣之事多矣，找一对身心有益之事去做，慢慢积累、培养，大约二十一天就养成了习惯，一个好习惯会让你终身受益，不信一试。

思想放在哪，注意力放在哪，就和把钱放在哪一样，不是什么“快乐”毁人的问题，问题的关键是什么是高级快乐？什么是低级趣味？智慧、选择、判断的能力皆来自认知，那么认知来自哪里？这才是问题的根本。

活着必须知道的真相：超强的智慧出自人的善良，善良会用简单的道理告诉你世界的真相。反之，即欺人欺世。

人生有很多选择，只有出生是无法选择的。至于选择的实现却是另一回事了，因为它牵扯到你的能力、坚持及信念。

世界上没有完美，因此，人生努力去实现，真正实现了已经不觉得是完美了，因为下一个问题又出现了。

藏在意识里的最高智慧永远在等待你自己的开发。人与人的不同是思想意识的异同，表现在行为上就是有些人宁愿长久仰望星空也不畏惧掉入“深坑”。

历史与现实：血腥的历史，看不见的真实，历史有多恐怖，现实就有过之而无不及。

世界是客观的，却要主观意识来确认这个世界。在自我定义的世界里，人是孤立的、狭隘的、自私的、无知的。人之初，既有性善的一面也有性恶的一面，后天环境的不同仍然可以使人变得性善或是性恶。认识自己认识他人，良心的自责及来自他人的伤害都会以潜意识的方式侵害人的身体。

我没有见过白色的乌鸦，但因动物有“白化病”，因此确认，世界上一定有白色的乌鸦。

认知来自对事物的不同认识的不同。一生二，二生三，三生万物。认知从了解自己的出处开始，从家庭、家族，再了解社会及本土地理。这些概念建立起来之后，认识不同的社会及异地风情就有了对比，人是在参照物比较中认识客观世界的。

知识不等于认知，人们把知识放在了至高的位置，这是个时代的错误信号，知识是客观的有规律的，却要人的主观意识来甄别。人之个体差异不同，思想不同，意识不同，对事物的认知不会相同。因此，知识在不同的认知下会有不同的认知。它会因人的不同而不同，因认知的不同而不同。教授、专家中不乏有知识而认知低下的。有人信佛教，有人信基督，也有人信邪教，即是此理。智慧一定出自更深的认知，而不是堆砌知识。

自由是努力的结果。人是具有创造意识的动物，存在的意义在于创造价值，劳动会创造价值，人因劳动而快乐，因创造价值看到了生存的希望，因希望赋予了存在的意义。

认知来自对客观世界的认识，认知决定了看问题的深度。如今社会乱象丛生，纷繁复杂，大家会如何去想，去判断，去选择，因此，对于每一个人都是一个认知的考验。

学而不思则罔，知识不转化为深刻的认知不会是什么力量，人生不确立终极目的，不会有方向，亦无意义可言。

人格的成熟不在家长里短中，在对世界、社会、家庭、朋友、人文及人类走向的认知高度上。

意识具有主观能动性，是一种能量，世界上最为强大的力量不是原子弹而是人之主观意识。

十四、小论认知

所谓的认知是从认识经过实践后成为个人理解掌握的理论并能重新付诸再实践的过程。认知与知识完全是两个概念，知识是客观的、他人的，认知是自己的、主观的，是知其然而知其所以然的。

有一种认知是肤浅的，比如因父有病请大夫，请到了“李时珍”，很快病除康复，得出结论：中医真行。如若请到庸医，经长期医治久病不愈，病情加重，病入膏肓，久而亡之，得到结论："中医不过是一种有意的或无意的骗子。"得到这结论的人是我们没有想到的人，他是鲁迅，可见人无完人，学海无涯，认知无限。

聊天时，免不了谈谈今日之社会乱象，但总还是说不清楚这些社会问题的根源出在哪里？这无非是认知不足罢了。如果你把鲁迅的文章多读一读，或许会看出问题的实质及关键点，鲁迅的睿智及深刻不在鸡毛蒜皮上，在人类及人类社会的走向上。

世界是有心人的世界，有心的人关注自己并在创造一个完整的个人世界（物质的及精神的）。追星的人，关注焦点人物的人，把心交给了别人，自己已变成了无心的甲壳虫。认知从认识自我开始，从关注己心开始，然后认识世界，正所谓的知己知彼，知天下兮。

十五、生命之重

生命把时间充得满满的，但终究是个沙漏，因为有限才显珍贵，不是一寸光阴一寸金，是万寸金条也换不回一寸光阴，生命哪里是金贵，而是无价，无价的光阴对有价的一切，已实属不对等了。小小的人情、可有可无的朋友、富而多事的家产、惹是生非的名利……一切皆有个常数之价。凡有价即用钱来解决的事，在生命面前都不是事。还生命一个怎样的答复，给仅有的时间一个满意结局，成为有限生命中重之又重的事。

生命如同一滴水的价值，河沟里的一滴水与大海有着怎样的关系，这就像一个人与人类又有何关系呢？百川归大海，大海象征着永恒，于个人的渺小如同一滴水，为人类的永恒而汇入大海，即是一滴水的价值。

为信念而存在，20 世纪 80 年代的人是要谈理想的，时代的特征无不烙印在每个人的心里。理想是抽象的，大可不谈，人生的自由及信念是前提，自在应是存在的根本，却与存在的世界无不相矛盾而共存，因此，为人生信念的成立而不得不付出努力。人生信念是个常驻心头的执念，必须讲必须有。

人不同信念终不同，什么样的人有什么样的信念……信念决定了一个人的操守……

十六、当下的意识永恒的物质

当下如来，把时间、空间作为分析问题的首选条件，问题的轻重就会化小，大事化小，小事化了。

当下的感觉好像很真实，其实读过这段文字现在已经过去了，下一个当下已来，然而当下也许是生命的结束，诸事无常，现在很重要，重要的是现在所为是否为下一个当下有益。

天人合一的真谛就是人与万物的和谐共生。物理学有一条定律：两物不能同时并存于同一空间。被垃圾行为意识占据的大脑空间，哪里会容得下高尚的情趣。

花甲之年，在童年的感觉中有多老，时间的无情令人惊诧，还没来得及认识这个未知的世界人已悄然老去。唯有充分地利用时间去读书，才会扩展人生的世界。物尽其用，万事说变，个体异同，随机应对，一线临床，可信之方，贵在实践。

“与以足者去其角，付之翼者夺其齿。”亦有有翼不能飞者，有无足亦无角一样行者，造物有因后天有变。

幸福是思想的充实，人是物质的产物却是精神意识的载体。回到精神意识的状态，唯有把注意力、意识着眼点放在思考的状态中。所谓充实是精神的满足，所谓的幸福是意识到了希望的到来。

数理化是关于科学的人之生存方法的、术的文化；哲学与艺术是关于精神的灵魂思想的、道的文化。

物质文化满足肉体所需，精神文化满足精神所需。酒是介于两者之间的，是物质与精神高度统一的文化现象，是思想意识的催化剂。

理性下的超现实主义绘画，意识无所不达，欲与物质时空一决轩轾。

人不是因为有了苹果而幸福的，是因为有了获得苹果的认知而喜悦的。

身内身外：财富、名利乃身外之物，学识、思想乃身内之物，两物不同，相辅相成，哪个重之？

佛陀（大乘教义）是追求禅修的人，人因贫穷而享有巨大的幸福升值空间，却因巨富而堵塞了幸福通道。保有健康幸福之道的畅通在于禅修。钱没有不行，多则溢，溢则失，失则痛。禅修中庸之道放飞心灵。

十七、什么是美

美是主观意识的感觉，是对客观事物的认识、理解、诠释后的认知。对美的认知是主观感性的，却因客观而起。粪土在田里，是美的，在路上即是丑陋的……美丑的概念来自认知。雨果在《巴黎圣母院》中所描写的卡西莫多的美与道貌岸然的神父之丑是人性的美与丑，这依然来自认知。

美是客观的，却需要主观来确认。人之美来自真与善。

良心是人固有之美，是无价之宝。人一刻不能离，就像空气时刻在呵护你的存在。

美是客观的，却需要主观来确认

审美，视觉疲劳感觉乏味失去审美，美因变而产生新义。故乡之美是久违的变化带来的感觉，樱花之美一年一季来自四季轮回的变化，常态化少了变化，美亦无觉。

短暂的美，好花不常开，好景不常在，花期愈短愈美，美的娇艳如昙花一现。永恒的美“永恒的爱”，来自罗丹的雕塑。

主观意识是对自我思维、思想的认可，是自我肯定自我认知之美。人生之大美，一定来自对客观世界认知后的内心之美。

美是客观存在的、动态的，对美的发现，是人对自然包括人文社会的认知而产生的共鸣。

美是生态、心态的暂时完善，是个动态过程。作品的美只是记录了一段精彩，美会因时间地点而改变其态，更会因心态而改变感觉。

美是精神心理的

美是真、善之果，始于善良，终于真诚。美德与善体现在人文精神中，所谓文化、修养正是美德与善的体现。

美与真理共存，美来自生活，来自自然，来自心的发现。真是美的基础，善是美的修饰。

真理的存在是有条件的，并被时间空间限制，因此，美的存在如同真理。

用蚂蚁的视角观天，再用上帝的眼睛看世界，所谓的审美就是用变化的眼光去感知这个变幻的世界。

哲学与艺术是个人的事，美，更是个体意识下的感觉产物。对真理的认知一定来自哲学。老子的“道”，佛学的“梵行”，如同美与真理为人类奠定了美的基础。

邪教及反人类的恶行者追逐邪恶，以丑为美，这正是人性邪恶的一面。因此，人性之善恶不同，美的标准依然是人性、立场、观点、认知的问题。

美是心对自然情景的感知

夺目之景贵在视觉的感知，万物翛然而存必有其道。澄怀观道，景深入心，万物之美皆寄于心。

没有真善作为基础，美不会存在。一切事物的真实属性，是构成美的基本要素，善念是人文思想美的宗旨。

美是爱的认知

尊老爱幼，是尊重那些值得尊敬的人，爱幼，是帮助孩子成长，“熊孩子”是要被教训的，教训在这里是追求美的行为，这些依然是认知后的美，因此，美的终极意义应是人文思想下的主观认知深度的结果。所谓的爱情被千古歌颂，因为有爱，人类才得以健康发展。世世代代歌颂的爱情之美，是人类得以健康繁衍的人性美，少了爱情的人类社会是畸形的社会，爱是凝固在骨子里的思想，是母爱、父爱的摇篮。

美是对艺术的认知

自然是构成美的基础，趣味是美的灵魂。生活的艺术，把“俗”玩“雅”，使生活变得有趣而高尚，靠的是文化、认知，亦有甚者把文化艺术弄成垃圾行为，皆因人的认知不同。

艺术之高下与主义、派别、画法皆无关。艺术之功用贵在其思想及动人之深度、思想之高尚、认知之深邃无疑是与观者产生共鸣的焦点。艺术不是用来闹“红火”（方言：热闹）的，更不是为抓人眼球刺激视网膜的……

文人画具有人文思想。中国画之奥妙，笔墨取决于功夫；画境取决于观察事物的深度；画意取决于对社会的认知深度；色彩取决于心态；形式取决于变化的能力……中国画的创作过程是创意加偶得的结果，堪称天人合一的化境……

调子，凡是艺术皆有“调”，美术讲调子，音乐讲调式。政治也讲艺术，有高调（大德）亦有低调（利益受牵扯）。因此，生存的大艺术，首先要定调，调不准，乱弹琴，生活杂乱无章，人不成体统。

中国画的创作过程是创意加偶得的结果

美是生态、心态的暂时完善，是个动态过程。作品的美只是记录了一段精彩，美会因时间地点而改变其态，更会因心态而改变性质。

万物之灵，山水画经过一千多年的发展，其思想总会体现在笔墨技巧及意境与时代性上。笔墨功夫再深，社会生活再丰富，若无思想则不成，思想是画者的灵魂。

读米勒画："我是怕我对人间，不如他（米勒）那么虔诚与谦卑。"这句真诚之语让人感动，人最大的难点是发现本我及与生存环境的真实感知。真实的生活，往往在快节奏和虚妄的欲望中迷失而难于察觉自我存在的真实状态。真诚的语言对每一个人都是一次思想意识的重审。

鼓励（张爱玲的幽默）："你还年轻，没关系，过几年就老了。"这话我把它看成是鼓励，因为鼓励是给那些有心的值得鼓励的人听的，幽默是智慧的最佳表现形式。所谓的艺术美皆来自对生活深刻的认知。

十八、人与神

人对世界的了解微乎其微，即使自己全部的生活，也只知皮毛。既不知自己为何而来到这个有光有色的世界，也不知来到这个有宝有物的世界到底要做什么。即使做了什么又不知是为了什么，反而首要求证的却是先问到底有无上帝。

这有点可笑了，人神同形同性，相信人即神，只是这个神比我们更美更真更善而有知。上帝这个神是存在的，不用五种方法来证明他的存在，只需一问即有答案，世界在有规律地运动变化，这运动的原动力是哪儿来的，是神。神的神秘在于人的认知，世上有多少人就有多少个异同他人的神，每个人心中的神是不同的，这个不同是认知的不同。

人虽渺小却可以虚拟宇宙原形，人虽然存在有限却可以无限思维。光电之快快不过思维的速度，人可以同时虚拟几个宇宙，也可以具体地进行数学运算。宇宙中人类的出现莫不是上帝复原自己的形象……

找寻真实的自我，那个纯真、善良的自我，他（她）即是你的真神，唯有他（她）会引领你走完这微不足道的或许对人类而言有点意义的一生……

十九、哲学的快乐在于认识到认知的过程

把复杂的事情简化，再简化，这就是哲学的快乐，相反，是愚人自扰，杞人忧天。物尽其用，事若活水，是快乐的源泉，这个源泉是快乐的哲学意识。艺术带给人的心悦与哲学带给人的快乐是一致的。无论艺术还是哲学纯粹是个人的事，是个体主观意识对客观世界的积极反映。悲观者的反映有点灰色，表面的灰色却掩盖不了内心的愉悦，比如叔本华的哲学。

今天的哲学家们所“关注的范围越来越狭隘，越来越形式化——可供咀嚼的鲜肉越来越少，更无扰人心智的个人情感。哲学的快乐在很大程度上只剩下摧毁，即撕裂和毁灭的乐趣”。学院里的哲学已远离了现实社会，更多的人只在咀嚼前人的残渣剩饭，甚至无病呻吟。真正的哲学不会脱离社会，更不会远离生活。给哲学一个新的解释吧：哲学是认知学，是对社会生活的全面理解后的个人思想。

在一个“不发表就灭亡”的时代，哲学成了吹毛求疵的技能，论证越来越“严谨”，视野、知识和趣味越来越狭小。离开自然，远离社会，远离社会矛盾，哲学是无用的，哲学本是大众的、与每个人息息相关的。

“如果哲学是丰盈和充实的，那是因为生活本身是丰盈和充实的。”没错这是事实，作为个体生无所思、饱食终日，哪里有什么有趣之事可寻。生活往往会被无聊占据，哲学恰恰是化解无聊状态的最佳解药，这个解药往往要从读书或是生活劳动中发现。每个人都有一个虚拟的世界，

这世界又因人而异，同处在一个客观世界之下，感觉却如此之远又如此类同，这是立场问题，是由时间、位置、场景的不同而造成的。虚拟的世界相应的结果当然不同，这就形成了每个人的哲学、艺术观的不同，当然不否认个体间仍然会有共识、共鸣的。

哲学的快乐建立在对问题的有解之上，善于思考、触类旁通会给人豁然开朗的感觉。再回到古老的问题上，苏格拉底曾提出一个巨大的问题："我只知道一件事，就是我什么都不知道。"众所周知，哲学家们早已下了定论，此为悖论。解释曰，你已经说了你什么都不知道，怎么会还知道一件事呢？不曾想，苏格拉底讲的却不是知不知的问题，而是知多知少的问题。这里要引出庄子曾提出的大论："吾生也有涯，而知也无涯；以有涯随无涯，殆已。"有限的生命去追逐无限的宇宙，有可能吗？如此大问，也正是苏格拉底所得到的结论，即我只知道我什么都不知道。这里举个例子：请问你知道"鱼"吗？嗯，当然知道。数数看知道的鱼：鲤、鲫、草、鲢、鲳，还有泥鳅……还有海鱼……能讲得出来的不过百种。可知道世界上鱼的种类共 2.6 万余种。其中圆口纲约 73 种，软骨鱼纲约 800 种，硬骨鱼纲 2 万种左右。中国鱼的种类也有 3000 多种，其中海水鱼类 2100 多种，淡水鱼类 1010 种左右。问题出来了，我们知道的鱼不过 100 种，不知 26000 种。$100/26000 \approx 0.004$，知道是 1，是全知，我们只知千分之四。这个结论基本是无知的。因此，苏格拉底的无知论不是悖论。苏格拉底说了，庄子也讲过了，人类在大自然面前的渺小不仅仅是身在庐山的问题。

哲学的快乐是以不变应万变的智慧

因此，苏格拉底的一问，不是悖论，仍然是个认知的问题。人，能知生、死就是大道了。

二十、神

神是个奇妙的东西。它存在于每个人的心中，也可以存在于无人知晓的空间。有趣的是，神可以处处在，亦可以处处不在。在这里，文字已是表达神的绝妙之物，文字即是人类灵魂之神。

神是意识杜撰的产物，人人有意识，人人却不同，意识不同所杜撰的神亦不同，因此每个人心中皆有不一样的神。看看爱因斯坦心中的神："我信仰斯宾诺莎的那个存在事物的有秩序的和谐中显示出来的上帝，而不信仰那个同人类的命运和行为有牵累的上帝。"非常明确，爱因斯坦心中的神是理性的，是有秩序而和谐的。看看社会大众眼中的神，恰恰相反，多是非理性的，无法知晓与可知的，却是理想万能的……大众眼中的神往往会在生存无助时出现。这与理性下所看到的有秩序而和谐的神截然相反，因此，神是每个人现有认识及认知下所杜撰的因人而异的怪物。正宗之神是理性思维下对宇宙世事演变及有限生命的主宰者的命名。人与人的意识不同、认知不同其所得结论一定不同。老子讲的"道"，是老子心中的神。尼采讲"上帝已死"，是讲上帝虚妄的一面是不存在的，个人认知不足，上帝依然是帮不上忙的。

生死轮回

第三辑　短语、随笔、散文

一、短语

肤浅的行为是思想的幼稚

古人与现代人隐居的原动力也许有类似的情况，然而隐居的适应及能力已是相差甚远了。温室中的花草移入大自然，死亡的可能性可想而知。

今天人的隐居大可不必费此周折，生存终是第一位的，隐居是给心灵安一处家，因此，这是个思想意识的问题，是对自己及社会认知度的问题。隐居是能力，有独立人格、独立思想的人在众目睽睽下也可以实现“隐居”，所谓小隐在山林，大隐于市朝。远离是非不是少了社会责任，而是珍惜了时间。

人品唱大戏

人生本如戏，戏台有大有小更有乾坤，可以自由驰骋。然而，重要的戏台如林语堂所讲的是前台，这前台大戏既累心亦累身，因前台大戏关乎人品、人格及社会意义。

卸了妆的后台生活是自我的、朋友的、家庭的，这里是真实地展示原生态的自我舞台，是身心休憩的生活舞台。前台所唱之戏，虽有假扮之嫌却反映了人之思想，因此，生活是思想的艺术。

人生不过两台大戏，唱好唱不好人品说了算，两台戏一个主角，配角会不会捧场仍然是人品说了算。

天人合一

相信意识是精神的，别忘了这精神也是天然的。尊重直觉，察觉意识本真的一面，是自我认知的重要环节。认识自我，为什么会有这样那样的意识？这个难度不亚于认知外部世界。天人合一，是自我认知与自然的和谐。

立心即存在之大道，立身、立命终要立心，无立心者必被物役，立心为存在而成就自己。

听话听声锣鼓听音

如果你听到落花的声音，那一定是张爱玲告诉你的；如果你听不到思想会发出美妙的天籁之音，那你就去读读毕淑敏的散文《附耳细说》。其实花开也有声音而且极为悦耳，只是三毛忘记了这个题目。

花落的声音

变之美

人生百态，满头白发那是大自然赋予人的自然之态。凡是自然之态没有不美的，凡是人为改造的总会有问题的。从黑发变成一头银发只是个过程，从接受自然变化到认识喜欢这自然之态，是从认识到认知的过程。

美是动态的变化的

认知的价值

人生最大的价值在于不间断地提高认知能力。在至高的认知下，你会相信一个善良的孩子所讲的话，而不会相信万能的上帝；你会相信你的直觉判断，而不会相信来自他人的谗言。

智慧与幽默

智慧是个多变的孩子，又像是哈哈镜，无论你忧伤或是郁闷，被智慧一照，全是笑脸。幽默是智慧的微笑。

人生如秋（读史铁生《秋天的怀念》）

人生有多好，就有多美，却因人不同而不同。有妈妈的美是最完美的美，没有妈妈，世界已经残缺了，比起有个妈妈，失掉双腿真的不算什么，因为你的一切都是妈妈给的。

菊花黄，秋果红，再美，也是残冬的前夜。人之一生草木一秋，能抓住时间的人，不会辜负这美好的时光，待残雪飘零时，让生命笑在盼春的日子里。

爱即生命

“如果生命的调色板上只能有一种颜色，为生活与艺术提供全部的意义，这个颜色就是爱。”（夏加尔）

如果人之存在，健康是第一位的，健康又是由多种因素决定的，那么那个最重要的因素依然是爱。

最美的颜色是爱

距离

人越孤独离自己越近，离自己越近生命越有价值，因为你已经可以和上帝对话了。

金钱

金钱是财富不是粪土，无底的对金钱的欲望会让金钱化为粪土。对金钱的认识每个人都会有各自的理解，然而每个人都要经历一个不寻常的生活过程。

元宇宙

人类在宇宙的演化中也许是个暂时的过客，人类在宇宙中的微不足道可以忽略不计。然而在人类社会的演进中，意识及智慧的进步，不知不觉中已创造了一个庞大的“元宇宙”，这个宇宙人类可控不可控，是否也会不依人类终极意志而行呢……哲学是疑问。

潜意识的作用

人所经历的过去，读过的历史，终将以综合的结果深深地埋在你的潜意识里，以不会让人察觉的意念影响你的行为。

人生意义

一个找不到人生意义的人，问你人生是否有意义，你一定要告诉他人生没有意义。发现一个找到了人生意义的人，你一定要问问他那意义是什么。

由表及里

所谓的书法及艺术作品，如人之外衣，穿在身上是否得体有谁看不出来呢？所有乱象的背后一定有不为人知的肤浅认知及利益的收割。

重复的日子

人生不是重复，在某一段日子里却是不停的重复，因重复日子过得单调，却加深了对往日的追忆。

有一种重复会让你的心灵在不知不觉中飞跃，比如读书。人生不是重复，却在有害的重复中毁灭，在有益的重复中升华。

读书的人

读书的人想混个名堂，混得好点不过《围城》中的李梅亭，混不好落得疑似孔乙己。典型的人物特征，心不大面子放在首位，至于猥琐、狭隘、短见皆为骨子里的因子。

人生贵在阅历，学而不止。书中自有黄金屋，唯读无实践之路终是竹篮打水。可笑之人必有可笑的无知点，人在社会的洪流大浪中显真性，囿于一隅怎见得真龙？

教书的人亦即读书的人，没有十年八年的社会打拼去教书，恐怕教出的人亦是今天人们所讲的“精致的利己主义者”罢了，终是李梅亭、孔乙己之流。

看不清的世界

睁开眼睛看不见世界真相：一棵树是什么树？一朵花是什么花？一只鸟是什么鸟？一个人是什么人？一幅画、一支曲、一段文、一首诗；一场运动、一次战争、一次革命；天阴、天晴、雨天、天气无常……

一棵树是什么树

有一种“保险”称为“不死险”

如此鲜活的生命是怎么做到的，鲁迅道：“我的确时时解剖别人，然而更多的是更无情面地解剖我自己。”一个解剖人性的人，才可以为人类指出一条“生”路。

人活着就是危险，因此人们才开始买“保险”，鲁迅也买了一种“保险”——不死险，这个“险种”之重之贵，金钱是买不到的，只能用灵魂来换取。

梵行之路

梵行不一定非入佛门，人之一生很长，这是年轻人的通感，哪怕一个午后都有难熬之举，然而一旦参透世事，又有即定目的的人，其未来之日屈指可数。不教一日闲过，珍惜时日，有所为还有时间。

所谓的世风日下，从前是不相信的，人类不是在进步嘛，实则哪来的进步？只是在演变。于个人而言一切异样，不寻一条人道还要去往哪里呢……

关于写作与作品

“多么伟大的作家不过是在书写自己的片面……”那么一个人的阅历、学识、自身的健康及认知就是他书写内容的基础，并决定了其作品的深度。

成就自己

不能否认学历是一个人求学的阅历，见过的高师，听过多少经典理论，然而，人之一生的成就终在自我不断的学习认识中。通过他人教学得到的永远是个借鉴，人在自我的学习中悟到的以及推测的认知才是自己的。

科学哲学艺术

科学的一致性是共识；哲学的一致性是共鸣；艺术一旦一致就是

覆灭。

认知无止境

格局往往很难培养，不像知识，通过看书读报就能获取，往往需要经历不同格局的事件，才会让一个人真正破除格局的限制，获得另一个格局的认知。对此，批判性思考能做的就是让你认识到你缺乏哪种格局，及时弥补。

幸福人生

人生从学习哲学开始，终在灵魂的完善。深入学习哲学，并保持兴趣你会发现人生的珍贵、社会的多元。专注个人喜欢之事并养成良好的习惯，人生一定是幸福的。

快乐来自认知

追寻快乐没错，却因人而不同，人不同、兴趣不同终是认知不同。认知决定了一个人生活的高度，决定了选择概括的能力，决定了其选择下的一切生活。人因知道有趣而喜欢，因无知而少了兴趣。

过日子

今日之社会，歌舞升平，追求着享受，貌似一派过日子的景象。实则“不过日子”，俗语“不过日子”，是指不懂得如何过日子。

真正懂得过日子的人，是勤俭努力的人，是在发现未知，提高认知的生命里过日子的人。

勤俭努力的人

看世界

换个角度看世界，不变的是感觉，改变的是心态，感觉情绪变了，心态也变了。常换角度去思考，世界总是新鲜的。

人

世界上有两种人，一种人造工具，另一种人使用工具。一种是“程序设计”的制作游戏的人，另一种是游戏的玩家。我欣赏那种自己制造工具同时又使用工具的人。

人生大意

如果肉身是硬件，思想就是软件，软件靠硬件提供的条件方可运行，因此，两者共生互存。至于其存在的意义，一定是两者共同的事，其意义来自二者的目的，从其目的，方可推出其意义。思想如果去追逐于人类的健康发展，我想再没有比这还大的意义了。

大意识

个人命运看似微不足道，却像组成大海的一滴水。少一滴多一滴不会有什么影响，然而，这是量变到质变的问题，康庄大道是众生走出来的。

世上千万条路，人人做不同的工作，但不要忘了条条大道通罗马，正所谓的异曲同工、不谋而合，在如此理念下，所谓的格局亦将宽阔无比。

如果死亡有记忆那一定是信念

人生的旅程终是孤独的“驿站”，忠诚的陪伴唯有心灵，给自己一个全程的答案：努力前行，即使肉身已困，仍然要给意识一个方向——信念。

思想意识指导你的行为，行为决定了你的生存状态

人生停不下来的是时间，停下来的是意识。打麻将是很容易专注下来的事，问题的关键是意识所专注的事在事后是否有益，却成为我们判断是否值得专注的标准。

目的不同结果不会相同

“为天下之学忠于道，为帝王之学忠于君。”相同的是求生存、求自由；不同的是选择的不同，结果的不同。与人为伍，失去自我；与自然为伍，天人合一。

美是感觉

美在于直觉，感觉美，人不同认知不同，感觉不会相同。A. 看到颜色美；B. 看到线条美；C. 看到构成美。有同感便是共鸣之美，这是大美，具有人文精神之美。

在某人眼里是美的，也许在另一人眼里是丑陋的。美是藏在人心里的感觉，因此，人不同感觉不同，美亦不同。大美在于共识，在于人文精神的体现。

存在是暂时的，永恒的是意义

齐邦媛说：“我能不能说一些我能说别人不能说的话。我知道的，在我之后的人都不知道，在我之前的人都死了，所以我要说的是别人不知道的事。我现在觉得很高兴，我居然还活着。”

人之存在有限，催人思考不存在的永恒。让存在留下“痕迹”，也许是这存在的唯一意义。

让生活充满希望

生命之花终在希望的路上才不会凋零。诚实的生活，是生存的积极态度，如何对待不同的他人，认识不同做法不同。问题可以细化、分解，更可以包容、化解。

善恶天性

荀子性恶论，有理有据，性善论亦然，人之性情多样不可一论。性被行为掩盖，却挡不住潜意识里的原生动机。幼年性恶者多不得好果，一遭报应，二则短命，问有谁发现幼年性恶之人长寿？

自然之道万物共生而不相悖。狼恶维护了羊群健康发展，狼羊数量比总在寻求平衡，因此，狼对于羊不是恶。唯有人类欲壑难填，人类社会复杂多端，好人不一定一生平安，但长寿者、有所作为的人多是贤者。

成熟是应对外界干扰的自如

离群索居而不感到孤独的人，即所谓的思想者、艺术家，被称之为具有成熟人性的人。

寻找适合自己的生存之道，是个体健康生存的硬道理。当沉默的认知遇到无理的欺辱，如何沉默得下去；当善遇恶，又如何善得下去。

人可以无视他人的赞美，更可以无视他人的恶意攻击，有道是雪辱霜欺花更艳。

知足而立，无欲则刚

不是什么知识分子要独立，是活在世上的每一个自然个体都应该独立。独立方有自由之思想、独立之人格及幸福之人身。立身立命完全要靠自己，条件却是非具有高度的自信、自制的态度及能力不行。

一滴水的价值

河沟里的一滴水与大海有着怎样的关系，这就像一个人与人类又有何关系呢？百川归大海，大海象征着永恒。于个人的渺小如同一滴水，为人类的永恒而汇入大海，即是一滴水的价值。

一滴水的价值

良好的习惯会带来长久的幸福

在人性短暂的欲望面前不会有长久的愉悦，因为得到与得不到都是暂时有趣、长久无聊。有一种长久而令人持续怡然自得的快乐，就是保持一个良好的习惯——长期坚持去做自己感兴趣的事。

大家之人

所谓的作家，什么都能写；画家什么都能画；思想家思考什么都可以得到他的结论；哲学家对什么都可以提出问题、追问缘由。

人生无奈

一种工作，格局受限，人生乏味。多一种工作多一种人生体验。人生之难不在于艰苦奋斗，在于生活的无聊。

多留青山在

大道至简，人生不能活得太累，人生不能活得太复杂，人生在于练达，在于大面积地留白，有地在，种什么都好……

无知即痛苦

痛苦是无知的结果，无聊是认知不够，开启生存的秘诀，生活就是饕餮盛宴。真理就在那里，一切秘诀都藏在真理的背后，找不到真理又岂能发现真理背后的秘诀，无识无知，痛苦无边。

目的与希望

所谓的人生终极目的必须有，实现这个目的人生真正足矣，死而无憾，因此不惧死亡，没有实现仍在实现的路上即是希望，没有希望的日子没有意义。

隔岸观花云淡风轻

立场不同、观点不同，即使立场相同，观点亦未必相同。林语堂讲："第一味爱心：凡事包容，诸事忍让。"鲁迅讲："损着别人的牙眼，却反对报复，主张宽容的人，万勿与他接近。"

我还是欣赏："让我和草木为友，和土壤相亲，我便已觉得心满意足。"

灵魂的告知

太阳再变也是渐变，万事自有合理归宿，地球对人类来讲还年轻得多，从今日人类科技发展来看，人类在宇宙中的存在是有希望的……只若不要自毁！

真理是被追问出来的

幸福是人生的目的，健康是人生最重要的，如此之理地球人都知道。问题的关键在于如何能长期幸福，长期保持健康？此问留给读者吧。

环境控制论

今日之状态是昨日选择与努力的结果，铸就一个顽强的灵魂一定需要一个适宜灵魂成长的环境。

痛苦的根源

以个人利益为中心、一切行动皆为利来、没有真正的朋友、只与他人存在利益关系、不择手段、得则喜失则忧、觊觎不成便生嫉妒。

幸福的生活

客观世界人人不易，为生存处处着眼，有胆有识，努力在先，赢则足矣，失则顺其自然，不求富足，只愿世事平安。

什么是可悲的

世上最可悲的是"政治家"在说谎，而众生还在支持。可悲在于无知，希特勒的政治是愚弄世人的恶。人生没有什么命运，只有选择，选择却来自认知的深度。

品读能力

能读出媒体上的胡说八道；能听出专家的片面；能阅出文学作品的错误；能判断政治家演讲的目的；能嗅出哲学家的膨胀；能赏出艺术家

的困惑；能看到自己的背影……

一切皆在于认知：权利、责任、原则、底线、道德。“权力和能力成反比，也和道德成反比。”这话肯定不对。权力的使用可以和膨胀的欲望成正比，权力的使用是否得当在于认知的高度。人在绝望前是智慧与勇敢并存的，一旦绝望……认知趋零，此时最信神的存在。

有一种美叫“木心”美

“诗成于格律，而毁于自由。”木心的散文，有着细腻的“纹路”，韵律般的呈现，它在叙述一种美的准确合理及恰当性。即以工笔之准、楷书之正描述画面，以无色之浓墨重彩渲染成一派淡雅素装。

水墨头像的韵律

追忆与虚幻

刷存在感，要证明人还活着。时间都是偷偷跑掉的，谁也没有看到时间，只看到不同的场景，不同的人。当你发现身边的熟人在离世，时间才会清晰地呈现出过去与当下的对比。把追忆的场景化成美妙的回味，还在于今天的所为，今天是明天的记忆。

公敌

国际公敌：帝国霸权主义。国家到家庭及个人的公敌：愚昧、无知。认知是每个人的大问题。

托翁日记

“现在已是八十二岁的我，意识到自己，正跟五六岁时意识到的自己完全相同。要是还活着，就得写。”这是托翁最后的日记里写到的。

他改变了文艺观，指斥自己过去的艺术作品包括《战争与和平》等巨著为“老爷式的游戏”。可见同样流淌的水，却不会是同样的时空，同样的水。

读懂中国，认识自己

解决问题，在于换个角度看问题。这有点像得了病，而不改变生活习惯，如此下去，病是不会好的。生存中的问题，大都是习惯出了问题。有人骂孔子，你要弄清楚他为什么骂？也许他骂得在理，也许他认知肤浅，没有认识到孔子真意。

认识世界同认识自己一样复杂，多角度看问题，以覆盖世界的视野去看人类社会的发展。提高认识水平有方法有秘诀，不信你把民国众多知识分子的文章拿来细读一下，你会发现真理确实在他们手里，因为他们是真正地了解中国的人。

从古至今世界是政治利益的，是枪杆里的政权……真理是少数人的，生命总还是百姓的，毁灭是霸权带来的，存在是人类的……

成长

人生阅历与人生成败，有的人在痛苦的历练中成长，也有人在顺境中萎靡；有的人在痛苦的生存中夭折，也有人在顺境中“成龙”。古人讲的大道不能忘：“生于忧患死于安乐”，人生贵在在生存历练中提高认知，环境只是外因而已。

变成一只扇贝的功用

什么是天人合一

所谓的天人合一，即因地制宜，因势利导，人与自然和谐相处。

鲁迅的告诫

“我们的思维模式、话语习惯、价值判断及无数生存细节，几乎无法与鲁迅及他的同代人衔接对应。我们的困难不是不认识鲁迅，而是不认识我们自己。要还原鲁迅，恐怕先得借助鲁迅的生存经验，做一番自我还原。”

鲁迅终归走入历史了，凡是历史唯有究其背景，进入背景方可了解真相。值得探讨的是，于鲁迅精神的唯有“人性”，即什么人的问题，做个血骨里充满人性的人，是鲁迅的告诫，亦是愿人类美好的宗旨。

修持十善的真人

“古之真人，其寝不梦，其觉无忧，其食不甘，其息深深……古之真人，不知说生，不知恶死，其出不欣，其入不距；翛然而往，翛然而来而已矣。”

愚见：苦难中仍坚守良知而前行的人，令人钦佩；在富足中仍然坚守良知的人乃真人兮。

游戏

在自然中寻找到的乐趣远比人造游戏来得更具情趣及意义深远。

别把垃圾当美食

“有钱任性”，是一句多么愚蠢的话。“吃货”，又是一句多么猥琐的用词。专家讲的话不一定是真理，是真理也要先抱着怀疑的态度去思考。这个世界在变，变得失去章法，所有节奏全部变快，快则事出，必做二遍。

颠倒的事物迷惑了双眼，还以为是超前的时尚。即使是时尚也意味着转瞬即逝的垃圾，犹如刚送出光鲜亮丽的玫瑰转眼就是垃圾。全世界都在吃烧烤，吃出的是时尚，吃进的是“垃圾”。

努力即幸福

陈丹青画得好，近年又画了不少现代年轻男女人物画，画面背景单一，犹如他们这一代人所处的社会状态：除追求金钱再无所求……画出了当代年轻人的无奈、困惑、盲目，仿佛除工作挣钱外别无选择。

所谓的时代变迁，处于任何年代的年轻人皆有同感，只是当今社会人的生存条件易满足罢了。如果温饱得不到满足，人反而有事可做了，可怕的是温饱后的无聊。这完全进入个人的问题，因此，人是不能没有理想的，即使难以实现，努力就好！

生于信仰死于焦灼

生命有限，一切都长久不了，只顾及眼前，貌似很有道理。人人自危，黑猫白猫，还有花猫，抢不到的是危机，抢到的是投机。

没有长久的信念，只活在肤浅的社会利益中，生命长不了，此种心态时时处处都处在焦虑中，生于信仰死于焦灼。

生死之间

生比死重要？生只一回死亦一回，应该同等重要，却因人而显得不一样。有的人死比生重要，有的人死就像一只蛾子静默在一个不为人知的角落。生死都不重要，重要的是人的健康存在以及如何健康存在的问题。

自由与存在

人终是自我命运的主人，地狱是他人带来的，但他人也未必总是地狱，他人也许是你步入天堂的伯乐。人终是自由的，那是思想意识的自由，肉身的自由局限在选择的环境中，人与人最大的不同是思想意识的不同，选择的不同。

存在与认知

驾驭生活是能力却要认知来确认生活的方向，艰苦的生存环境，人总是在辛苦的劳作中，人生在爬坡，身心不会停滞，只有努力不畏艰辛方可到达幸福的彼岸。

生存条件不同，生活状态不同，优越的生活条件需要高度的认知方可健康生存。人如乘坐过山车，一路无忧，却不知命运会将自己带到哪里。人因生存无忧而懈怠，前行的路会失去方向，因此，认知低下生存危殆。

有趣的人

人是宇宙中最为有趣的动物之一，而人之意识是有趣的核心，每个人的意识经过数年的锤炼终将以灵魂的形式存在于他（她）的心中（灵魂不灭不过如此）。

灵魂终是趋善的，然而，在与肉身共存时却是矛盾重重。当你发现恶意充满了整个世界你还能崇尚善良，并为之而努力时，你的灵魂的生命一定在成长。

善意从何而来呢，一个努力专注的人，在向内求，这样的人自然趋善。

无为

老子：无为而治。不是无为，而是不要把主观意愿强加于客观事物之中，综观万事，明理而悦。正确的判断来自深邃的认知，有知而为恰到好处，万事大吉。

意识是一种能量

“我们喜欢别人不仅仅是因为别人对我们好，更是因为我们对他们好。”世界上最为强大的力量不是原子弹而是主观意识。

良心的自责及来自他人的伤害都会以潜意识的方式侵害人的肉身。

少打麻将多读书

麻将可以打，有自控就好，书必须读。人之一痛能换来一世慈悲吗？人生三界，物质的、精神的、灵魂的，有道是三者合一。执念与决绝是孤立了的认知。人存在的状态是由认知决定的，人之语言、行为皆是认知的表现。选择、概括、判断没有什么正确与错误之分，只是认知的不同罢了。认知有限，量力而行，一着不慎，悔之晚矣，人生大忌，欲望膨胀，知己知彼，百战不殆。

生命在顺境中成长，在逆境中成熟

幻想是真正的意识游戏，在虚拟的世界里可以天马行空，理性一点，人之意识的强大就在这里，生命长短终在存在的意义，再长的生命终有一死，存在是相对的，你可以把一天当作一年来活，每分每秒都计算进去，让生命发光，不教一日闲过。读书是应对明天最好的准备，机会与成功都会留给有准备的人。今天的健康来自昨日的行为，今天的认知仍然是昨日学习的结果。人的思想有点像鱼饵可以调动他人的思维与其共鸣。

人所属的社会性难于摆脱尘世的羁绊，努力去除尘世之网是走向个人文明的必经之道。因人生无意义，因此才要赋予其意义，人生的意义是活出来的，是因人之信念及终极目的而完成的。

时间感

时间有限，这是对每一个个体而言的，时间是永恒的这是客观的，却是意识的感知。意识是个人的，却会感知到主观以外的客观世界。主观意识在虚拟的世界里可以自由驰骋，它在平衡反映在大脑里的客观世界的一切。能够阻挡限制意识的唯有时间。

因为有限方显弥足珍贵，因此，发挥人之意识最大效能成为在有限时间里的最大要务。

变则生

一切艺术都是相通的，写篇文章不能抄袭他人，不能一个主题重复写，心里那点事也不能反复聊。所谓的创新是发现了“新大陆”，换角度新视觉，看问题找核心，新见解新思路新结论。

时间在变，问题在变，解决方法亦在变，变则通，通则生。

变则通，通则生

人在路上

变鹅变鸭是内因问题（关于易中天反对读《弟子规》）

把问题搞复杂是无能，把问题搞清楚是目的。《弟子规》毒性没那么大，《安徒生童话》也不一定会让你高尚。

思想的由来

思想是从人对客观事物认知后的自我教育中得来的。“读书的人不一定有思想，有思想的人必定是读书的人。”有思想的人的快乐是无思想的人无法想象的。

肚里无食，满腹经纶；心有所思，一泻千里；笔墨纸砚，一片空白；手指一挥，满纸生辉。读书比美食更有趣。

做个心安的人

人真是复杂而虚伪的动物，为之生存各有大招，做人不同实则生存难易不同，评价标准不同。一个求得真善之人，为人处世不亢不卑，确为做人之标准，做这样的人，身心安逸。

知足而足

知足常乐，是知足者的底线，人不同底线不同，欲望不同，有的坐拥上亿金钱仍觉不足，有的衣食无忧而足。满招损，谦受益，富则事，寿则辱，洼则盈。老子一语中的。

生活的艺术与哲学的思考

以真面目示人，才能活得真实；以真性情交人，才能活得坦诚；以真感情对人，才能活得纯粹。一个人真正的成熟，不是沧桑的外表和虚伪的做派，而是在纷纷扰扰的生活中，仍旧能给自己的心灵腾出一片净土，保持自己的初心。

生存的真谛，表面看大富大贵是福，实则一个真字，一个善字，万人难于做到，做不到是客观的无形的牢笼束缚了你无知而狭隘的心境。

膨胀

事物膨胀，有外因内因之分，前者比如滚雪球，越滚越大；后者比如积食，越吃越积，越积肚子越大。原本要精兵简政，减少负担，于是成立了减负局，却还没减又增一局。

对话条件

与灵魂对话是自我意识的最高境界，心无挂碍，清徐如泉。与灵魂对话如扫地散步。

画家

画家画的是心声，与他人有无共鸣是另回事。想画画卖钱，今天的人都会做了，画那些人们喜欢的画面，无论多么庸俗，只要卖得出去，赚到钱就好。凡·高没有这样做，一心在画心声，他知道什么是欺人，什么是欺世。

画是画家的心声

主观能动性

世界上没有难过的人，只有难过的心情，心情一变，会化腐朽为神奇。可见主观意识决定了下一步的状态，改变心情有客观因素，却不能忽略了主观能动性。

人生毕竟是主观的、能动的、活跃的、变化的，不在求变中生必沉寂于不可自拔的抑郁中。自信、勇敢、努力是改变现状的积极因素。

心在哪里

把心放在钱上，闹心；把心放在情感上，苦心；把心放在独立思想意识上，畅心。幸福，是在长期独立思考中得到的。

读画

绘画的好坏，不在美丑，在于出处、背景、时代、缘由、形式、色彩、味道、作者，这些概念会道出一幅画的真谛。

钱权

王小波说："我对权力没有兴趣，对钱有一些兴趣，但也不愿为它去受罪……"谁对权力都有兴趣，因为人是主观意识在先的动物，只是当你意识到权力于己无益时而做出了个人判断。

对于钱还有谁不感兴趣呢？钱不仅是生存的必需，在今天看来甚至代表你的社会成就……钱的重要作用其实质是动态，平衡了人与人的社会关系。钱的多少是个大问题，它会从量变到质变改变一个人的社会状态，因此，对钱的认知成为衡量一个人认知水平的分水岭。

人生铭

人不在寿，有为则功，路不在遥，有"冀"则成。斯是单程，唯惜而贵。从善而来，无缘而去。可以悟乾坤，论古今。无私豁达精进，学富五车仍谦。努力慎终如始，何悲何伤之有。老子云：见天道。

群体与个体

智者为群首与愚者为群首是两种社会形态。前一种是积极的，后一种是被动的，走向消极的。个体的成熟在于与智者为伍。古今之人文精神、高尚的智慧字字写在书中。

健康的条件

一个人的健康，是身心情绪的平衡，是饮食营养的平衡。一个健康的社会同理，有一个公正的政府，有一个祥和的民生，形成一个有序发展的社会。

写作

写作是与灵魂对话，用灵魂给生存指出一片光明，在生活中发现另一个自我，你会觉得生命多了一扇通往奇妙而有趣的大门，走进大门少了鸡毛蒜皮，多了大自然和一位老者，这是写作带来的厚礼。

支撑世界的人

当幼蚕出卵之时，桑叶刚好从幼芽展成叶片，一切都是最好的安排。世上有农民、牧民、渔民、蚕农……这个世界一切都刚刚好，支撑这个世界存在的也恰恰是这些人。

人老没有未来只有准备

给衰老一个圆满的结果，是衰老前的认真准备。流水不腐，不能没有适合自己的运动。给儿女做个样子不能停止学习，给生命一个结果，留下一点作品，无论什么，让它们在书中“开花结果”……

今天继续努力

感觉时间在飞逝，说明过得很好，今天的好来自昨日的努力，为明天更美好，今天继续努力。

今天继续努力

中国哲学即自然之道

个人利益、个人哲学、个人思想如不与人类利益、人类思想有共鸣、有趋同，那将会失去个人人生意义，这有点像一滴水融入大海的感觉。

万事说变

认知决定了一个人的一切，认知从哪儿来的？不是天上掉下来的，认知是从变化的生活中学习而来的。

长期囿于一隅难免孤陋寡闻，一人独居与书为伍，多人行诸人皆师。

万事说变

文人相轻知不足

人各有长短，论人论事，不如唯寻其高处妙处来一用。道他人之短自己长不了，赞扬他人之美，言过其实也会伤了自己。

生存在先

中国文学界的凡·高，是路遥，与凡·高一致的是执着、坚持。如果鸡飞蛋打能换来一个值得世人称赞的作品即是圆满，然而世上鸡飞蛋打之事无数，换来的是更多的惨败。物尽其用，事若活水，先有生存后有存在的意义。事分先后，有序有循环，通畅无阻，事半功倍，孤注一掷，成则牺牲在先，败则惨烈一生。首学走，后学跑，先描楷，再飞草。顺序着重点不能错，人活一世同是生存方法的问题，生存在先，因势利导、因地制宜，只怕不努力更怕生活没有方向。天道天食唯养智慧，万物共生，有识有度，盈则不溢。

化成枯叶蝶

不起眼的枯叶，满地，谁知一叶竟是一蝶。枯叶非叶生趣，两季过后面目不同，赤橙黄绿青蓝紫，大美山林秋挂红。

有量有度水长流

我不打游戏，没事读读书。我不打麻将，经常打打球。我不过饱，身体轻盈。日子总是时间的消失，习惯的不同，几年过去，突然发现人与人已经完全不一样了。从前有人力劝我喝酒，今天劝我的人已经不喝酒了，我觉得酒不能不喝，只是个量的问题，其实什么事不是个量的问题呢？

美人

艺术的女人有着那双鸽子般的眼睛，伶俐而狡黠。这美是要有内涵的，决定其美丑的是事物之本质属性。

生活怕没有方向

打开心门

心境是被认知锁定的，世上没有痛苦之事，有的是痛苦的心境。大千世界，混沌迷茫，识别真相，打开心门，唯有认知的提高。

圈子化

意识形态的固化会阻碍社会的健康发展，艺术的圈子化、关系化、利益化，终是僵死无活力的泥潭。

孩子是希望

看到孩子的快乐，那是想到了也许还有希望。但这多数人家的孩子不一定会带来什么希望，也许是痛苦呢？父母不一定希望孩子有多大出息，正常就好。

天道

人之初性善，人之初性恶，人之初有原罪，这些都是人讲的，有道理吗？万事都有道理，都没道理，凡事皆具两面性。中国哲学集儒释道三家之智慧，出世、入世及天人合一之自然之道，是为人而存在的天道。

自由是心无挂碍的生活

人生恰到好处，人不烦，心不乱，有儿有女，懂事有分寸，即使是淘气的小子，也是狡黠聪慧，淘气而不讨厌。住得舒适，穿得自在，更重要的是总能看到明天还有希望。

人不能轻易死掉

因为人与植物不同，植物死了，把它的生命留在种子里，种子还会成长为同样的树；诗人死了，把生命留在了诗句里；画家死了，把生命留在了绘画里；军人死了，把生命留在正义里。人生不做点于人类人文思想有益之事，真的不能死……各尽所能，人各有志，又无完人，没有强求，各尽之能事已非常不错了。

智者

保全健康的存在，避免不幸，做自己的事，天下还有比这更重要的吗？

不为所动

世界在变，有人说世界越来越美了，有人说世风日下，这就像站在云上的人说今天是晴天，站在云下的人说今天有雨。

无论世界如何改变，构建起强大而稳定的心态，才是保持美好的关键。

艺术是思想及意识的化身

如果说人类人文思想用艺术来表述其貌，那就是绘画、雕塑与文字，可以去世界级大型博物馆一窥究竟。

时代不同饮食不同

人以食为天。陈忠实幼年的主食是麦饭，那种饭20世纪60年代的人吃过，麦饭有苦有甜，养人是真。让人怀疑的不是麦饭，是今天孩子们热衷的“辣条”，可口味厚、浓郁香甜，然而是否于人有益，关心的只是口感味觉，实则危殆不可避免。年轻人喝的是可乐，吃的是烧烤，提起麦饭已是两个世界两种人了。

不说谎有两个要点

1. “真实于自己是不容违背的责任”，这是快乐的基础。

2. “撒谎对自己有利的时候，为什么要说实话？”因为时间。

（第二条可以是肯定也可以是否定，时间总会给出结果）

自得自由

收得垃圾，读得圣书。

上得厅堂，下得厨房。

行之于下，知其之上。

海阔鱼跃，天高飞鸿。

终身受用的短语

“种一棵树最好的时间是十年前，其次是现在。”

——丹比萨·莫约

种一棵树的时间

客来一乐

来客不必如何风雅，但至少：第一不谈物价升降；第二不谈宦海浮沉；第三不劝我保险；第四不劝我信教。乘兴而来，兴尽即返，这真是人生一乐。

不关心“鸡毛蒜皮”之事，是没有闲心；不是不关心政治，是讨厌宦海的颓废；不谈投保，是看破保险；不是没有信仰，是自有心神。

聪明与智慧

聪明缘于欲望，智慧缘于善良与求知。

不同趋同

立场不同观点不同；读书不同看法不同，出身不同、贫富不同、工作不同、人性不同，一切不同。不同的圈子，利益不同，想法不同……人民利益为重，社会稳定，人生自由，努力就有希望才好。

假活

种树种花经常有这种现象，一开始枝叶葳蕤，一派生机，然而没过多久，先是发蔫，后是枯亡。人亦有如此者，谓之夭殇。认识自然，与自然和谐共生很重要，更为重要的是如何才能做到与自然和谐。

有钱没钱知足就好

所谓的把钱花在刀刃上，人不同，刀刃不同。钱少了，知足就好，钱多了，别弄成负担就好。

虚拟的世界有多大

思想的高度与虚拟世界的大小成正比。

洞彻人心的人

揭示人之灵魂的人，会给意识存在一个真实的价值。

真实的历史

一段历史可以翻出多个版本，哪个真实？哪个伪造？这历史是否真实？不在胜利者的书写，也不在所有案史的记录中，真实的历史仍在人的认知深度及推理判断之中。

智慧是从哪来的

每每看到已死去作者的作品，每每读到他们活着时的言说，都令我惊讶，惊讶的是他们真的死了吗？怎么我也如他们一样思考过，怎么我还活着？他们有经典的故事亦有如我一样的平凡，他们的箴言短语，让我怀疑他们真的存在过吗？时间的神秘，空间的无限，扩展了人的思想。所谓的智慧就来自放飞的思想意识吧。

自由

自由牵涉两点，一是心理的，二是肉身的。自由是对生存环境适应后的舒适心态，是身心没有束缚的解脱状态，因此，一个人处于完全自由状态实属难得，这里牵涉到身外及内心两个方面。客观条件不依人之意愿而来，因此，必须要学会适应环境，这一点又转到了身内。内心的宽容博大是自由的基础，所谓的无欲则刚，正是心胸的宽厚，有如此心理的人，会“问渠那得清如许？为有源头活水来”。

给大脑安个家

爱喝酒的人，酒是一切；爱艺术的人，整个世界都是艺术；爱权力喜政治的人，领导所为就是观止。余喜欢思想意识，给大脑安个家。

读书的意义远远胜过读新闻

一地鸡毛的碎片新闻，扼杀了多少人。用无用之事占用他人的时间即谋杀，鲁迅如此精辟的认知，用到今天刚好。

新闻是自省的敌人；生活，可能与新闻报道的暗示恰恰相反——没有什么事情真正算得上新奇、值得惊异，或者恐怖至极。

时间不是金钱，是生命。

一个人思想认知的价值远远大于其财富的价值。

发现潜意识

静下来，不去有任何思考，闭目，发现眼前的一切就是潜意识的世界。随其自然转换画面，入睡后达到意识高潮……

意识大舞台

主观意识与潜意识，一个舞台两个主角，不可同舞。主观意识之舞台是现实的、可操作的、不确定的。潜意识舞台是虚拟的，它来自阅历、性格、经验及所处环境。主观意识下的一切结果是潜意识活动的全部资料。二者虽然不可同舞，却有着不可言语的内在呼唤。

世界是意识

世界终究是意识的，万物之中唯人有创造性思维意识。意识是讲存在的，存在是讲时间的，时间是由意识划定的，没有动态的意识哪里有世界。

群体意识与独立意识

人是群居动物，总想在群体中发现快乐，找到那个无名的自己。在团体的统一意志下实现自我“抱负”。如此，人总觉得是在搭顺风车，活着便轻松起来。群居是保持群体活力的有效形式。

独居，是一个人独立意识走向完善的有效途径。

引导意识决定你的行动

人是思想意识动物，既然没有放之四海而皆准的真理，那么我们得到的一切结论，都要随时修改，重新认定。世界不仅是矛盾的，而且是动态的并将随时趋于平衡的。

哲学与意识

抛开身外之物，除了肉身我只有意识。性意识是生命的原动力，动机是意识的雏形，意识是人之一切表象之源，是区别于动物的最根本属性。这个世界不是为有钱有权的人设计的，而是为有智能的人而存在的。

中庸大道

世上之事，没有完全的正确，也没有完全的错误。但两者之间总能找到一个接触点，那就是“中庸之道”。此道貌似不可量化，那是认知不够。认知与能力的结合，是把万能的钥匙。

真理

真理是相对的，有条件的，绝对真理只有一条。经历是寻找真理的条件，所有真理的存在都需要条件的完备及支持。无条件的真理不存在。即使是绝对真理，即变化是绝对的唯一不变的真理，它也需要物质的存在。

哲学两大任务

一曰向外求，即自然之学；二曰向内求即人之本体之学。自然学即科学，人之学是人性本质之学，是意识与肉身的关系之学。

没有哲学世界更加荒谬

世上之事，孰是孰非，看问题、解决问题的手法不同，角度不同，着重点不同。方法结论依然不同。否定他人、完全肯定他人都不对。

大道至简

中国画的现状有点像近现代欧洲哲学，愈写愈复杂，将个人的无益所思一泻千里，终是话多无益，言多必失。哲学的首要目的是解释世界，追问宇宙。用最简洁的语言解释世界、解释自我。

艺术现象需要哲学来解释

艺术的多样性，与人之性情的复杂一样。为迎合市场，夺他人眼球，为迎取视网膜的快感（眼福），终是为名为利。因此，所谓的慧眼识珠真在认知。看透这个复杂的世界，有一个简单的方法，就是学习哲学。

逻辑

逻辑总是在语言意识之后出现，这就造成了A逻辑与B逻辑的异同。在同一逻辑中规律是一定的，在不同的逻辑中不可能有共识。例如地球环境中所应用的力学逻辑在太空中一定是不同的。所谓的相对论的实质讲的是逻辑在不同环境中的变化。

形式逻辑，有理有据。非形式逻辑总会陷入无限的辩论之中。因此，谈论任何问题都要把逻辑搞清楚，即你在讲什么？你在讲科学那一定在形式逻辑中，你在讲政治那是非形式逻辑。你在讲经济，那是形式非形式逻辑并存的逻辑。

通晓大事

人生大事不过生（存在）、善、美、上帝、死亡。生是首要的，存在的意义确是由善、美、上帝、死亡中获得的。生是存在，存在是死亡前的准备。善是为寻求动态的生存平衡。

美是主观意识对客观事物的评定。死亡是存在的结局。通晓大事，不枉此生。

认知的实质

认知像度量单位，有多少、深浅之分。认知不够会注重情感、情绪、想法、观点及主观感受，并以此来衡量事物。认知深刻，会注重客观事实、经验、推理、判断来看待客观事物。

平衡思维

万物皆具矛盾冲突，却指向平衡。所谓的狭隘，是受到了局限。能够破局的思维是在局限中想到无限，在无限中发现冲突的焦点。

无病无痛

除了生病以外的痛苦都不是痛苦，哲学家不会让情绪管理思想。若有主观意识下的恨，就恨制造战争的人吧。

认知随时调整

真理的存在，靠诞生真理存在的条件。万物在变、条件在变，真理一定要随时修正。

永恒的是信念

灵魂是意识的终级表现形式，与肉身共存。所谓的灵魂不灭是指人之终极信念不变。

认知决定论

认知是对客观世界及自我的了解。所谓的自信，是主观意识的强大。哲学是个人的，审美也是个人的。美是客观的，却由主观来评判。美不美不是画说了算，是你的认知决定了客观的一切。大家都说好，我没看出好。大家都说不美，我却看出了美。

优质的基因在遗传更在认知

环境影响情绪，情绪影响基因，基因改变生命。主观意识因客观条件变化而变得被动，却因认知不同而变被动为主动，变消极为积极。

存命

保持健康的方法。会食、会睡、会工作，更会生活。

小波散文美在真

读小波的文章就像和他聊天，能够洞悉存在的真谛。新年讲不出新事，却能从往事中发现新东西。我曾经非常喜欢魔术，后发现在各种道具的伪装表演下真有点不耻。所谓的有趣终在认知的提升。

世界无限认知有限

所谓创新，实际是认知在变；所谓留世，终在作品的社会价值。

认知肤浅、毫无社会价值终是时尚泡沫，过眼烟云。

知识人

坦然面对人生，尊重那些值得尊重的人与事，屏蔽或远离那些无知、猥琐、龌龊的人与事。先有发现后有选择，人无时无刻不在洞悉生活的本意，让存在的意义最大化。

好在没有要求

人可以不优秀，真诚就好；人可以没有成功，善良就好；人可以遇到不幸，有识即好。人可以助人，也可以被助，不自欺欺人就好；人可以失去一切，不忘努力就好。所谓希望，终在努力。

重要的是事

所谓的存在感，即现在感，刷不刷都在一秒一秒地逝去。朱自清的刹那也不过如此，他的刹那已无影无踪了，好在他因体验到了存在的刹那，而提醒我们不要错过眼前该做的“事”。

没有信念灵魂难寻归宿

人性叵测，富则灵魂之殆。贫富之重，贵在信念。

艺术是什么?

“尺之木必有节目，寸之玉必有瑕璁。” 艺术是节目的表演，别演砸了就好。

作艺术

作自己的文章，画自己的画。不要进入任何一个画派。“执钵不须窥众乐，履冰何得步参差。”生而明道，亡无悲欣。

读书中的认知

孰是孰非，看得出。艺术忌讳重复，更忌讳去“谋财害命”。一个读了三年金庸的人，再看看读了三年莎士比亚的人，一对比就明白了。

有用就好，
看到你的错误，
明亮了我的眼。
我的信用，
你可以随意用；
我的宽容，
能洗掉你的短浅。

学习的人

有两种，一种人学一当十，另一种人是学一推十。做第二种人。

无病无痛

除了生病以外的痛苦都不是痛苦，哲学家不会让情绪管理思想。

人生大问

上天给了每一个人完整的大脑，人人为什么不一样？
为什么明知危险，人还要极限冒险？
那么多的人为什么活在鸡毛蒜皮中不得自拔？

哲学

有一种思想是隐藏在聪明后的智慧。有人称其为哲学。

文明是哪里来的

对知识，我们知其然，不一定知其所以然。认知是知其然亦知其所以然。当今，人与人已不是认知高低多少的区别问题，而是因认知错乱而带来的混乱局面。

世界是多样的

生态的完备与平衡必在多样性上。教育必须发展其多样性，这里不仅是说教育形式，更在于保护人才的多样性上。

文明是多数人创造的

“好事不出门，恶事传千里。”恰恰相反，恶事被阻，好事被弘扬。追逐文明的人多于前者，人类就会进步。

不灭的信念

有限的生命中存在一个无限的生命意志。把这种意志具体化就是一生的信念。

冲突与平衡

万物皆具矛盾冲突，却指向平衡。所谓的狭隘，是受到了局限。能够破局的思维是在局限中想到无限，在无限中发现冲突的焦点。

自信即是天赋

天赋是什么，上帝为你开一扇窗，也必为你关一道门。每个人皆有独特的一面——灵魂不同天赋不同。

艺术没有什么天赋，有的只是表达不一。满分之作千篇一律，低分之作风情万种。艺术的终级答案在于人的独立人格独立精神。

老子就在那里

在追逐欲望的路上，总以为目的明确。殊不知当欲望满足却是无路可走的事实。老子的哲学早已告诫我们。可有多少人去懂老子呢。

教师

可以修改人的“程序”，拯救人的灵魂。救人救命，义不容辞。

不知赔赚的今人

这世界来到今天，还有什么不是拿钱来衡量的呢。因此，开口就在赔赚之间了。也因此，少开口，如果你的认知还够。

世界不同意识不同。

五大世界：

睁开眼一个世界，

闭眼一个世界，

梦中一个世界，

醒来一个世界。

万物贵在势差，方有趋动态平衡之力。

差异是生态动力之源，水如此，人类社会亦如此。

万物皆趋动态平衡

人类社会的演进，其原动力是“社会势”。所谓好的社会，无非是一种动态的“势”平衡。这有点像水的位差，没有位差，水是不流动的。

大乘小乘人文思想一乘

所谓的大小乘教，皆因个体人之思想不同分化而形成的。为何要“罢黜百家，独尊儒术”，其核心是树立人类人文思想的最高意愿作为宗旨。实则百家各有其理，终是看问题的角度不同、结论不同罢了。

纲举目张

哲学讲逻辑，逻辑讲条理。条理清晰，重点自然突显。把握人生重中之重，就像读书，读经典，找重点，即便重复重点也好。

存世的价值

身体是硬件，思想是软件。软硬件终将消亡，但两者所创造的价值具有永恒性。

一知半解伴人生。

人因存在希望而快乐

人是活在希望里的动物，希望是由目的构成的。目的是主观意识的意愿，是由自问及追问而明确的。人生是否有意义在于能否找到人生的终极目的。

授之以道

称得上老师者，必有师之表。好的老师授之以道，不是简单的技巧。

学习就是在寻找自己

人之思想意识不同，一切不同。一个喜欢数学的人怎么学习数学都不为过。重要的不是学什么、学多少，是要寻找自己所需要的。

余之一世

万事说变，适者生存。物尽其用，事若活水。相信，一切皆是最好的安排。

知来处方知去处

服装是实用艺术，无不在影响人的情感及认知。不是我中华的，就让它去吧！所谓的初心，是寻找我们的来处。不知来处又何知要去哪儿呢？

铁豆（未发芽的豆子）

人生很像一颗黄豆，有的发芽有的不发芽。不发芽的毕竟少，发了芽的有的粗壮、有的矮小，无论如何要尽快发芽，时间有限耽搁不起。

生趣

世上没有重复的时空，每一秒都是新鲜的尝试。生命之趣也正在于此。

AI 的局限

AI 可以全方位地机械摸仿，可以博识，但它无法替代人的主观能动意识、情感及创造性思维意识。

一切在于目的

一个人所做所想，难在不与前人重复。人之所贵在于建立终极目的，有了目的，世上再没有难解的问题，上帝还会助你一臂之力。

流殇曲水

有一种感觉，称“莫名”。说不出，说出了，也说不全。朋友发了一个视频——“村边的小河”，不看视频，只是听到视频里，汩汩的流水声，就有一种陶醉的感觉。所谓的存在感，如此清晰。看着哗哗流水的小河，仿佛时间在提醒活着的感觉。其实质是提醒我：存在还有多少。所谓莫名：就是说不出的时间感，哀伤那份“流觞曲水”。

认知是存在的前提

有一种选择叫准确判断。人生一路走来，此路不通换条路，人生怎么走都有路，会走就好。

生命贵在有趣

生活，什么事都有可能发生。重在预判；重在选择；重在提高认知；重在读书；重在行万里之路；重在同君一夜话；重在……

情商分四个层次

一是赢得他人的理解（善良）；二是得到他人的信任（真诚而有原则）；三是取得他人的支持（利他主义）；四是完善个人的修养（提高认知）。

教育的难点不是形式是思想

中国的孩子在重复及模仿他人中得到赞扬，这样长久了会让他丢失自我，这是教育的误区之一。好的方法是鼓励其主观意识下的自主行为。

健康的来源

所谓的干净卫生是不存在的。健康的实质是人体菌群与自然菌群相互斗争中，身体菌群占了上峰。因此，有效丰富身体有益菌群才是健康的根本。远离了自然生态，即远离了生命本身。

幸与不幸

一个人的不幸，是自身出了问题。一个人的幸福是自身良好生活习惯的结果。

人

给人一个定义，具有善良秉性的有思想的高级动物。

财富

人生所有经历，无论悲剧还是幸福都将转化为你的精神财富。人活着最大的财富是阅历。

学习贵在全面

学好数理化，数理化学不成的学小三门（音体美），学习是一生不能停的事。吃，谁都行，会吃的会健康。学习亦如此。

生活本身成就了一个人

人没有阶梯是走不高的，没有桥是过不了河的，没有轮子是走不远的。阶梯、桥、轮子是提高自我认知所必须有的课程，这个课程是必有的生活。情愿生活在永远击不倒我的困难里，也不愿一乐至死。这是哲学家的信条。

和谐是存在的基础

与自然和谐，与人和谐，与自己和谐，与社会批判地和谐。

方向是首选

努力不成功，多半是方向错了。读书不够，认知肤浅，方向不定。

作为人

为人类命运而着想，是一个人最重要的使命。

文明

所谓的文明，是看一个国度在弘扬什么，众生在追逐什么。

商业行为

均衡社会资源、服务于社会的行业是商业。三百六十行，距恶最近的行业也是商业。所谓的金融寡头以垄断资本为之更甚。

万事说变

在较完善的规律中，进一步去寻求可行的有益变化，一旦找到会令人豁然开朗起来。

意识生活

百无聊赖之下，是意识失去了兴趣点。一景，一物，一段话，一本书，一个有趣的意念，可以迅速转变人原有的精神状态。

成功在路上

成功是虚幻的满足，实在没有意义，多少人为之而拼杀，到头来只是幻灭。人生只是过程，所谓成功正是走在成功的路上，而非终点。终点是结束，哪里有真实的成功。

艺术之路

哲学之路千万条，艺术之路仅一条，就是走自己的路。因此，有多少人就有多少路。

生命之趣

生命的快乐在于有趣，存在在于理由。无趣的生活不足过，生命是一个寻找理由而存在的过程。

快乐与痛苦

痛苦是被栽种的过程，快乐是花开的季节，没有痛苦也没有快乐是果实成熟的样子。

存在讲艺术

生命在延续，生活在有趣，没艺术不行。生命的快乐在于有趣，存在在于理由。无趣的生活不足过，生命是一个寻找理由而存在的过程。

两种艺术

一种是珍贵的，财富的，金钱的，物质的。另一种是珍藏的，情感的，无价的，精神的。

生命在于体验

体验是对失去的补偿，体验生命存在的感觉是对生命的进一步理解及尊重。这个体验包括了所有的人所能遇到的，甚至是自创的痛。至于享受的体验，顺其自然就好。

认知为上

认知在上，师在良知，修改人之思维程序的人，称为老师，可见教师之重。人无良知绝不可为人师。

水生石亡

生命在于平衡，人是活在平衡里的生物。

生活没有幽默不行

生活之难不在于艰苦奋斗，而是生活的无聊。因此，提高认知、探索未知是保持幽默有趣、克服无聊生活的最好办法。

春夏秋冬

春天是故事的萌芽，夏季长满了故事，秋天开始露出真相，冬天才最真实。

二、随笔

随笔 1

生存与健康

拯救自己的世界靠自己，靠自己对世界、对自己的认知，认知决定了我们的选择，选择决定了人生。

人不同，认知不同、欲望不同、思想不同。口感第一，形色第二，饱食第三，哪有什么营养学？满足欲望，饕餮盛宴为快。问题种种，不幸接二连三，悲剧自有因果。病从口入，食为大事。医病，从改变生存状态开始，重在食物结构的变化，动物蛋白（肉蛋奶）、植物蛋白，能不能吃？怎么吃？吃多少？这是健康的大问题。

杂食动物、肉食动物、草食动物、籽食动物……物种不同，需求不同。人应该是杂食动物中最为挑剔的“吃客”动物。

人生最大限度的变化是思想、认识、认知的改变，是认知由浅入深的过程，所谓的一日千里是也。伴随认知的深入，人会改变行为，改变方向，重新确认目的。

生存贵在认知，以食为先，食之万物以种类多多为上，以少食为上，前后看似矛盾，实则认知为上，无饥不食，食物长期单一，久食必出病因。

随笔 2

满招损

空、冷、静、少、孤、贫；满、热、闹、多、众、富。天下之物阴阳而合，却分为两个极端，上述两组词中不知喜欢哪一组？

两组词中余是喜欢第一组的人：空可以添，添就有了变化，有了趣味，有了希望；冷不是冻，稍微一活动就暖，让人充满活力；静，静观世事，无人干扰，可以安静下来去思考；少，少则多，洼则盈，有个空口袋不怕没得装；孤，“孤舟蓑笠翁，独钓寒江雪”，孤独可以给自己一个完整的虚拟世界；贫，万人之痛，不能忘记人是活物，生来一无所有，死后依然，却因贫而努力，因贫而立志，因贫而有希望，人是活在希望里的动物。

孤独可以给自己一个完整的世界

满，古人云，满招损，无处可藏，多余甚者暴殄天物；热，无奈，制冷解暑，耗能浪费，心烦意乱无事可为；闹，心难静，遇事分心，一地鸡毛，一事无成，百废无兴；多，多则事，事则乱，乱象丛生；众，集体意识转为个人意志，人云亦云，毫无自我，犹如无头苍蝇，毫无方向；富，富则多事，欲望膨胀如不收敛、淡泊明志，必入歧途……

学习与认知同步，事业与寿寝同步。让人生价值最大化。

随笔3

鸽与兔

我喜欢两种小动物，一个是兔子，另一个是会飞的鸽子。喜欢它们的温良、聪慧……

五六岁小小的年纪，记忆却显得如此久远。对兔子的第一印象就是灵动、跳跃、飞驰，它给我带来的不只是快乐，更重要的是生存“技能”。说起生存技能可不是个简单的问题，生存首重食物及来源，其次是健康存在的状态。兔子是不会轻易跑跳的，只有在高兴时会一跃而起急转速停，颇有玩味之趣。兔子喜食胡萝卜及青饲料，却在每一种青草中不停变化选择，决不会停在单一食物上，这样做是为了满足食物的多样性。兔子的习性可谓神秘而有趣，书中常看到小兔子采蘑菇，不食荤，其实兔子是不吃蘑菇的，而且是吃荤的，尤其母兔在产崽前后有荤食吃才好。兔子吃食，每食必挑，挑挑拣拣选选换换而食，从兔子身上你会发现吃是保持健康最重要的一步。仔兔长到四五个月像人的十七八岁，是走向生理成熟的活跃阶段，健康聪慧与食物有直接关系。善与机智是兔子的个性也是其生存之道。

鸽子之趣在于飞翔，是飞跃、和平的象征，飞得如此之远之准其耐力与定位之准确令人惊叹。鸽子被人们看成是爱情的象征，比翼双飞、忠贞不渝。比如在古巴比伦，鸽子乃是法力无边的爱与育之女神伊什塔身边的神鸟，在生活中则被少女称为“爱情之鸽”。人们还用鸽子和橄榄枝来象征和平。

动物虽小五脏俱全，生命顽强各具生存本领。动物的一举一动无不提醒人观察与思考，照顾小动物从关爱开始，有爱有希望，生活中已然有了生趣。良好的习惯从喜欢自然之物开始。

随笔 4

微信群

自从有了智能手机这个硬件，人工智能（AI）之下多种功能及软件皆被开发出来了，打游戏、上网、摄影、音频视频电话……几乎无所不能。智能手机带来的最大的益处，在我看来还是学习这一大块。

从前读书有多难，买不到要读的书，借到的要定时还，查个资料无处问询。手机在手后，犹如阿拉丁神灯：“你想要什么呢？”却因人而不同，要娱乐的人在我看来有危殆之感，要功能来学习的终会受益。

手机在人与人交流中起到的作用完全不像简单的电话短信之类，最令人惊叹的是微信聊天通信这一块，它完全改变了人与人沟通的方式。无论你是什么情绪，都可以如愿表达，完全接近现实生活。

两个人聊与多人聊性质完全不同，这与现实生活一样，两人是私聊，三人以上即为群聊，群聊就会注意大家的不同的意见了。

微信群是近年来最为火热的获取最大量信息的地方，群不同信息量不同，信息内容不同……最为有趣的是群中群主的角色，这个角色貌似强大，实则极像一辆大巴车的售票员，车开得稳，乘客（群员）守规矩，上车的总会比下车的多，于是群有了生命，群员找到共识，有了沟通、交流、表达的意愿。

群主是协调群员交流的纽带，切不能自以为是，把群作为自己的一亩三分地……群的理念越公正公平越会得到众人的捧场，越具有促进社会进步的积极意义。群名是群议的主题，给群命个名即“和而不同”，重在共鸣正义。

随笔 5

有心则有运

改变意识关注点，可以喝点酒撞撞好运。生活必须有酒，人什么都可以戒掉，把酒留下；什么都可以不拿，把酒拿住。酒是否是好东西，在于识酒“懂酒”的人。人俗识少，酒后换一人，是否俗及肤浅酒后方见人性，倒是无聊变生趣。

陶渊明：“结庐在人境，而无车马喧。问君何能尔？心远地自偏。采菊东篱下，悠然见南山。山气日夕佳，飞鸟相与还。此中有真意，欲辨已忘言。”

偶然抬头看树，树梢螳螂一壳，隔日又去关注，巧遇螳螂出壳，世间这等趣事，无福之人不适。

世间美事多多，通常是为有心者准备的，有趣贵在先有心，有心者哪里会少了运气呢……

随笔 6

端午小记

华夏是条巨龙，端午是龙起舞的日子，端午时节青黄已来，小麦成熟，花落果出，桑红满地，万物生机勃勃。

百姓以食为天，华夏大地丰衣足食的日子以端午开启，祭天敬神，天人合一，五谷丰登。

万物生机勃勃

随笔 7

光阴

只一片阳光下，便生出一个难以诠释的光阴世界，阳光的亮丽还在射入窗棂的分散及氤氲满屋的温暖，渐及温馨的心境。

光阴不会停下来，存在记忆里的都是美好的，流动的光阴美在多少人的心头，却一去不返再无回首。

让人在意的是存在的可贵及停不下来而终将流逝的有限时光。

随笔 8

论快乐

快乐是对现状的满意，快乐的延续是已经看到了希望，凡用金钱换来的快乐都短暂，凡经过努力得到的快乐多长久。

人生貌似在追求快乐中度过，实则是在求知中想看到世界的真实。因世界在变，人也在变，想看到真实的世界很难。

人称之为人，能称人的人并非一生都是人样，不努力的人怎么会有人样……

人可以从关注物质生活转移到关注精神生活中来，这是步入人文生活的高级阶段。

随笔 9

夕阳无限

小路弯弯依河畔，高林树下步步新。夕阳，染红了云朵，秋风，吹黄了树梢，彩蝶在亲吻最后的花蕊，不要放过可能的希望。小草在秋后不再生长了，却积极地开花结果，它不会放弃可能的希望。

随笔 10

生日

生日，在余看来仅是出生那天的日子，论时日又有公历、阴历之说。生命自生日开始，其实还如混沌，如同盘古开天地，意识“清晰”吗？模糊中，没有记忆，不知初心，那，人在干吗？因此，记忆是意识最初的感觉，性善否可自寻追忆。有了生，不知未来，却有了历史。

现在，是稍纵即逝的正在进行时，在打出一字时，那字已是历史，因此有人讲文化，讲自然，其实都在讲历史。未来是历史铸就的，是演化，现在是个动态过程，如何演化……成为生命重之又重之事。余不看重生日，只注重有生之日……

人人向往自由，自由中却存在危险，完全不自由倒是安全了，比如监狱。人在任何状态下都有其状态下的悲哀与快乐。

随笔 11

长寿药

偏食，少了食物种类于健康有害，只接受一种思想的人危殆。

谈吃，只讲一种食物之美，在我看来就有“误导”的嫌疑，原因是某些人偏食，这样会加剧其营养不均。

神农尝百草不知其感受如何？秦皇寻长寿药，不得其果。实则长寿药真有，可谁也得不到，谁也能得到，这是个认知问题。为什么这么说呢？因为每种动植物中都有对于身体有益或无益甚至有害的成分。一个人不可能只食到有益而去掉有害的成分，对某人有害的成分，对另一人也许正是对症下药。万物皆有用，只因人不知其用罢了，比如发芽土豆中的龙葵素，在青西红柿中也有，少食有抗癌作用，多食得癌致命。

所谓的食物多样性，正是要撷取各种食物中所特有的有益成分，那么种类越多，吸收多种有益成分的可能性越大。

所谓的人体自我修复能力、免疫能力皆来自动植物中多种有益成分的作用。这有点像建太空站，少了稀土材料不行。李时珍用动植物医病，可见研究动植物对健康人群的作用更为重要。所谓的治“未病”讲的是营养元素在人体中多方面的作用，因此，关于食之健康，我的总结是：每餐不限种类，限总量。

长寿药与认知有关，人之个体差异不同，所谓对症下药，问题非常复杂，因此，健康在于提高认知，认识自我，认识客观世界，知己知彼。

病从口入，疾病与健康饮食是问题的关键。

随笔 12

命是自己的，路要自己走

看看世界，哪一个生命没有自己独特的生存之路？方向对尽管走，停止也是前进，做什么样的人，过什么样的日子。

路要自己走

随笔 13

健康的表象在于其生活的习惯

“一个人的后半辈子均由习惯组成，而他的习惯却是在前半辈子养成的。”

习惯不是问题，什么样的习惯才是问题，所谓的健康人，看看他的生活习惯才能发现什么是真正的健康。

没有良心的人很“幸福”，因为他如此行恶而不会遭遇良心的谴责，都说好人（有良心）一生平安，别不信。

我说的是一个没有良心的人，虽然不会自我谴责，原来是被上帝盯上了。

一生的平安，来自身心的健康、上帝的额外眷顾，小心驶得万年船，一切都是最好的安排。

随笔 14

大院儿文化

新中国新鲜事，大院儿是移民居所，多元文化交织而成，进步、高尚的行为占据主导地位，然而再有定力的传统也难于抵挡政治的冲击。

大院儿文化是新中国、新文化的缩影，见证了多少政治及社会变迁的打压，却又孕育出多少社会精英。

随笔 15

存在

人是靠智慧而存在的，不要违背良心做事，不要费大力气做那些没用的，写字画画也一样不要太费力，当你不明确写字画画的目的时就不要动笔，所谓的事半功倍，水到渠成。

随笔 16

认知是智慧及真理生长的土壤

今天知识已不显得那样重要了，过去查个概念、问个问题、找本书有多难。今日不同了，一个互联网天下还有什么难寻的呢？即使不清楚，触类旁通，以此类推，终得一二。

倒是有一词成为重中之重：认知。认知与知识完全属于两个概念，知识是客观的，他人的，认知是自己的，主观的，是知其然而知其所以然的。

人不同，认知不同，作为人类普遍之欲望自古没多大变化，人怕出名，明知山有虎偏向虎山行，名声在外被攻击当成了靶心，名声在内无疑是自大膨胀的根源……

随笔 17

政治

政治是个很有趣的词语，有时温和，有时乖戾；有时温暖，有时邪恶；有时伟大，有时腐败；有时完全错误，有时相对正确。

政治有性别有属性，有个性有权威，一旦代表人民利益，挺身而出，其力量无比强大。政治有点像人，总不能完善自我，弄点笑话也是常事，笑过之后往往是一脸严肃。

随笔 18

品味读书

读书好比探险，选择十分重要，读无用书就是谋财害命。生命有限，精力有限，做什么没有目的，如同盲人摸象，不具意义，读书亦如此，必分好坏。

凡是不足以启迪人心智慧的，不足以引人入胜激发人去思想的皆可视为垃圾书，尤其是读后感觉迷茫、沮丧、虚妄的书籍，耗人生命。

没有撞击到灵魂的日子，不足以称其为生活；没有体会到平淡日子的真谛，枉来一生。

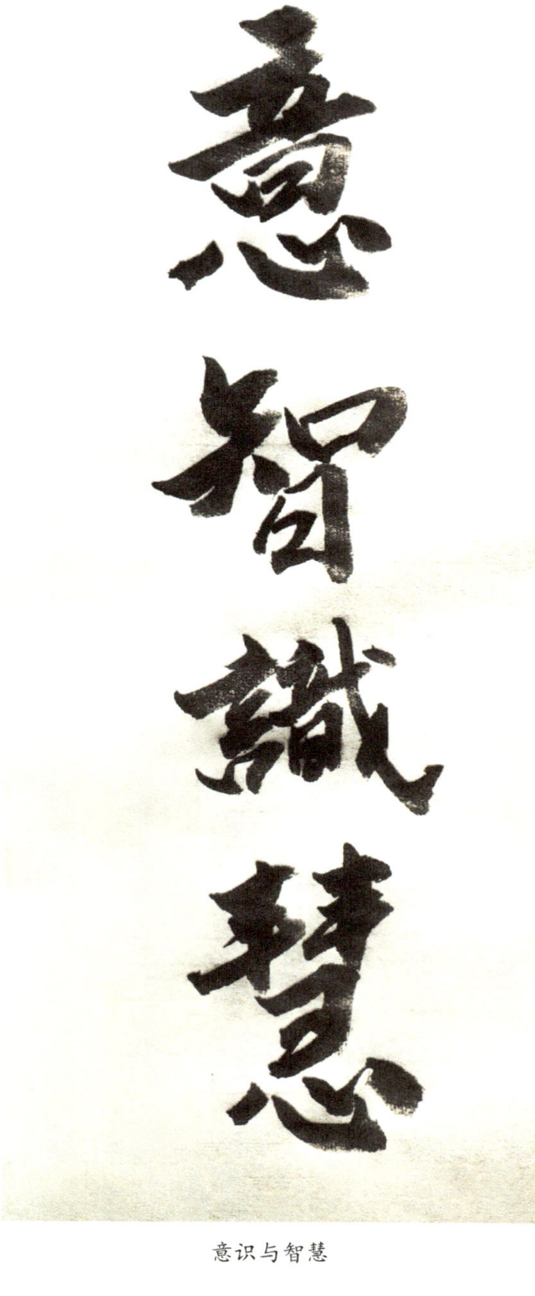

意识与智慧

随笔 19

无为而治

无为而治不是无为，而是不要把主观意愿强加于客观事物之中。综观万事，明理而悦，正确的判断来自深邃的认知，有知而为，恰到好处。

随笔 20

整洁

清晨叠被，不是因为午睡要重新叠被而不叠，而是因为热爱生活从整洁开始。人可以接受爱，也可以释放爱，释放的爱愈多，愈有幸福感，不信一试。

何为知识分子，知识分子的定义：有良知，对社会有公正批判能力的人。

随笔 21

两张门票

古老的神学与宗教是人类走向人文思想的必经之路，人文精神终是人类的最高智慧。

修成正果，必历尽沧桑。罗汉大脸千变万化，生活之艰难无不刻画其上，上帝的奖赏总是要发给那些从地狱中爬出的人……诸大宗教天理相通亦谓之道。

两张门票，上帝发给每人两张门票，一张地狱门票，一张天堂门票。地狱门票背面有两字：地狱，天堂门票背面也有两字：真善。

随笔 22

爱有缘由

爱有缘由，给爱一个充分的理由，因爱，生命的存在有了第一个意义。朋友贵在志趣相投，任何事物靠强取豪夺不会有好的结果，顺其自然好了。

凡是人为之事都有问题或是皆有非议，难于圆满。水往低处流人向高处走，万物自有其律，寻找天人合一之妙恰似无为之为，正所谓："问渠那得清如许？为有源头活水来。"

随笔23

存在主义

离开意识的存在是客观的存在，这是个体意识的意识。客观的存在直接影响主观意识，甚至可以摧毁主观意识……因此，主观意识常受控于客观存在，并与之矛盾重重。

如果说存在是无意义的，那么大可在无意义中做一只无头苍蝇好了。如果说存在有意义，那就简单了，就按这意义一直走下去，终会有个菩提果来见证你曾经的存在。有智慧即可以摆脱一切黑暗，让我们远离不幸，智慧是生存的至高艺术。

人存在的本质是意识的存在感，这个感觉完全依附于时间。人生存在于四个世界，一曰现在的、现实的、当下的，二曰梦境的、潜意识的，三曰过往的、过去的、曾经的，四曰意识消亡后的肉身死掉的。

爱有缘由

三、散文

1. 人及人性

弗洛伊德讲的本我的属性，即人之本质属性，是动物的生存本能。人自形成完整的主观意识后，人性才得以发展，是后天的人文主义精神对人的影响，人才能成为具有道德意义上的人。

人因职业不同其逻辑不同，商人讲赚钱的逻辑，不赔，还要赚，能够考虑他人利益的商人是儒商。

政治家的逻辑讲德、善，貌似有理有据，但是否能够持之以恒坚持政治正确，决定了其政治生命，政治一旦远离了德、善，就是伪政治。

艺术家什么都讲，什么都不讲，有目的也没目的，逻辑经常被颠覆，艺术家是想把瞬间变成永恒的人……

哲学家讲逻辑，讲道理，有理性，找依据，矛盾的普遍性给人带来巨大的障碍，因此，解决矛盾是哲学家的重要任务，一旦逻辑受阻或短路就是悖论。

人之行为终在于其认知的深浅，有些人获得权力就会“膨胀”，有些人没有权力想通过“膨胀”而获得权力，还有一种不会“膨胀”的人，他们还顾不上“膨胀”。幸福的人是把自己做好，痛苦的人是总与他人比较；自由的人是做自己喜欢的事，受束缚的人是生活中没有方向。

鲁迅不是完人，却是高尚的、代表人类的、具有人文精神思想的人。人之将死其言也善，鲁迅是人将死其言不善者。因此，鲁迅总是“活着的唯一的人”。 树人，十年树木，未百年也可以树人。做人，若要说成品可是难上加难，做好了是作品，弄个小品也行，有道是，人于小处做起却应着眼于大处。

人之行为终在于其认知的深浅

世上之事自然和谐，凡是运动皆向平衡发展；凡是人为之事总是存在问题。学问不够认知受限，人为造事必有不足。有学位有能力的专业大学生很难在毕业后到对口的专业领域工作，社会资源的浪费及一系列的社会问题皆人为之过。注重生态的多样性，城市各具特色，愈趋自然愈合理，天人合一在于高度认知下的领导能力。

人不同，一切不同，人因学习而有认知，因认知而有良知，却因个体性格不同、认知深度不同而良知不同。时代不同人不同，《列子·汤问》说，辄沐之国有一种风俗，当第一个孩子出生时，父母就会把他吃掉，认为这样有利于生育更多的小孩；炎人之国则更为怪异，当长辈死后，子孙就聚集在一起，把他们的尸体吃光，认为这样做才是孝顺。洛克在《人类理解论》中也说格来良人虽然是基督徒，却往往毫不踌躇地活埋自己的女儿；格律卑人经常把自己的儿童阉割，以便养肥后供自己食用；等等。人类的文明及存在的形式也一定是围绕着存在而变化的。

人是自然的产物，不接触泥土不行；人是因意识而有智慧的动物，没有科学不行。人类创造了人文社会，这是人类走向文明的必经之路。

2. 论个人自由

人之自由有两层意义，一曰心无恶念，身无恶事，无愧于心，即心性的自由；二曰人来一世全在努力，通过努力而实现的幸福，是一种驰骋于自然天下的自由。

“许多作家都在文坛混，同那些所谓批评家抱成一团来欺骗读者，因为现在大多数读者还不够成熟，分不出作品的好坏。为掩饰自己才华耗尽，就把‘混’称之为‘转型’。”“混”是大多数人的生活，因为“混”似乎活着不累，是失去了责任，不混是责任，体现的是积极的生活态度及能力。

商人为赢得利益可以杜撰商品的功效。作家不为什么“利益”，他的目的在于把个人主观意识用文字的形式记录下来，作家的杜撰来自虚拟的主观意识，追究其目的完全是其三观的综合反映。

有人说文学艺术不是用来歌颂的，这是一不懂艺术，二不懂政治。艺术是个人的事，当政治正确时，与个人、集体意识便会产生共鸣。

置于四海的真理并不存在，一切因人而异。毛姆的话也可以这样讲：苦难不能让人高贵却可以使人奋进；富足可以让人高贵却更易让人虚伪。“当我沉默的时候，我觉得很充实，当我开口说话，就感到了空虚。”与灵魂对话，才发现自己的存在，人的精神层次愈高，其心理愈健康。人所经历的过去，读过的历史，终将以综合的结果深深地埋在你的潜意识里，并作为你今后行动的暗舵来驱使你的行为。

当生命的价值都体现在时间上时，一切苟活者皆如僵尸。人活在虚幻里，死亡才是永恒的真，这个真实的世界却是在虚幻里铸就的。运动与变化是绝对的，因此，诸事无常，绝对真理也是不存在的。人在探索实践中，关注人与客观世界的关系，是研究哲学的基础。

3. 论教育

教育的目的是让人知道人为什么要学习，教育是培养人如何成为独立自我的过程。第一课从哲学开始，从一切为什么开始，终究又是为了什么而开始。

因有目的而为，因有意义而努力，当不清楚目的是什么、意义是什么就可以拒绝不做。我赞成这个观点：“经验表明，能否成才，基本上不取决于名校、名师，不取决于学历和学位之高低，不取决于是否出国留学，不取决于学习条件之优劣，也不取决于家庭是否富有。”内因是成功的关键，卵石怎么能孵出小鸡来，鸡蛋没有条件依然不会孵出小鸡，这里蛋孵化成鸡后并没有成功，成功是鸡的主动意识及行为努力的结果。

快乐不是目的，是在做有目的、有意义的学习工作中得到的奖赏。如果在努力追求有目的、有意义的学习工作中出现了痛苦，那么这痛苦只是快乐的另一种形式，这个痛苦终将转化为快乐。

教育是组成人文的重要部分，是人类得以健康延续发展的社会行为，以其传递知识、教化公德为主业的多种形式的社会活动。

人生是独立完成的，人生路终是个人走的，我从哪里来，要去哪里，这要靠自己的发现与实践。一旦有人给你规划了路线，这会失去 50% 的兴趣。人生的自我发展是在兴趣的诱导下展开的，父母、教师切不可剥夺孩子的意志（兴趣），给孩子一片蓝天让他奔跑好了。“人能弘道，非道弘人。”父母可以用榜样的力量来影响孩子，而不能用自己都做不到的道理来说教孩子。

教育是人为之事，天人合一是教育的宗旨。人来自自然，应该回到自然中去，回不去的生活扼杀了生命的意义。教育的目的：自识、自强、自立，人生别无他选。

教育重在人文精神，重在全方位地树立人格。人会因个性培养的发展，而忽略了整体人文意志，对于民族对于国家是一种损失，然而，个性培养却是发现人之天赋的最佳途径。个人、民族、国家是个不可分割的整体，因此，教育的问题是个哲学问题。

真理的存在是有条件的

仰望星空

4. 人与社会

未来社会矛盾：由于人类社会的多元化及人类科技（AI）的发展，未来“二律背反”现象将愈加突出。

未来社会，不同群体之间的生存状态，在生活方式上会有更明显的区别，蚁族蜂族式社会的提示或许能找到答案。

社会地位不同，需求（欲望）不同，利益不同。天然属性毕竟被动于主观意识，主观意识极端利己者，是走向毁灭的根源。

社会地位不同，立场不同，少数人的利益以多数人的痛苦为代价。社会的不公，人与人一出生就是不平等的，人字的结构是相互支撑，别忘了总是短的支撑着长的。

矛盾是普遍存在的，学校教育与社会人才需求两者之间形成了巨大矛盾，因此，如何看待矛盾、解决矛盾才是问题的根本。

认知决定了一个人的生存状态。最幸福的人是把自己做好；最痛苦的人是总与他人比较；最自由的人是做自己喜欢的事；最受束缚的人是生活中没有方向。可见有认知、找到问题的出处并改变方案、方法，才是解决问题的根本。

人为是为众好，做好自己是与人交往的基础。有交流的意向希望人来打扰，没有交流的意向彼此相安无事。存在是为一切皆好，虽然不可能，却为存在立下一个标准。

靠金钱，人是撑不了多久的，靠智慧可以赢得新生，撑得一世。无欲无求，人说宠辱不惊，宠是期待，辱是不堪，没有期待，任尔东西南北风。

今日社会虽大有不同，中国人的善良本质永远不会改变。沉默的大多数依旧保持沉默，社会需要的却是更多的鲁迅、王小波、陈丹青这样的人。

5. 论艺术

艺术在肤浅的人眼里就是欢乐、歌唱、喜庆、歌颂……实不知如此艺术多是盲目的、短命的，理性一点即可长久一点。

艺术的终极意义：无意义的绘画像物理学上的无用功，耗费了材料与精力制作的是垃圾。绘画是视觉艺术，抢眼的依次是色彩、形式、内容及联想。

艺术创作是人对自然世界及人类社会的理性感觉及印象。令人眼前一亮的是怀斯的绘画，引人入胜又令人深陷沉思。凡·高的画与众不同，极具个性，立意鲜明内容充实令人联想不断。凡·高画人物越画越“猥琐”越画越“丑”，一切不幸都是生活的写照；风景越画越有特色越画越入境，大自然的美好给凡·高带来了生的希望。人物总与地狱相连，风景渐入天堂之门，所谓的丑陋皆因利益的争夺而扭曲了健康的身影。

天下学问唯有艺术是自由的、不受束缚的，有的却是因人而异的思想，艺术的实质是思想的自由、意识的自由、存在的自由。

现代艺术标志着意识的非理性状态。以杜尚的现代艺术为旗帜，让多少人在专业道路上难以望其项背，更会让那些毫无创作能力的人汗颜。艺术是思想的表达，颜料里没有意识，挤不出思想，现代艺术的主题表达及内容，离不开意识活动：潜意识、无意识、下意识及梦中的意识回旋。思想与认知决定了创作的水平。

颜料里没有意识，挤不出思想

现代艺术从野兽、立体、超现实、抽象直到杜尚观止。现代艺术也只是个名，是个符号，艺术贵在作品的内涵实质，不可否认的是物会因名而名，这就好比品牌的作用。一个小便池可以因杜尚之名而成为艺术。所谓的现代艺术荒诞不羁，可取之处寥寥无几。

没有人文精神作为创作的主线，便会丢掉人性。那些跟随权益制作表面光鲜的艺术不仅欺人更在欺世，这是丢掉人性的时代。陈丹青不是完人但讲真话，真话有对亦有错，却反映了社会的真相，还社会一个真实的原貌。过去讲“人怕出名猪怕壮”，现在讲“人怕膨胀又怕飘”。世界上没有不膨胀的人，亦没有不飘的人，只是程度不同罢了。

人生就是一个“艺术”的过程，有朋友方可讲义，有父母儿女方可谈慈孝。一人即可谋艺，艺术与哲学皆是个人的事，是向内求的事。事若活水通畅，物若金币尽用，人若蜡烛尽燃。

画不是不能画了，难在愚昧与无能。绘画是解放心灵的最佳途径，所谓的现代艺术，好在给人一个心灵的出口。一幅画像一篇散文，灰调子典雅，多几笔为什么？凡有意趣尽管下笔，凡无意趣画蛇添足。

读鲁迅的《祝福》你会感到与灵魂的互动，入乡见到祥林嫂那一刻，完全是人与人、人与自己的灵魂对话，凡是表现的需要没有多少，凡是无关的描写就是多余。“……她走近两步，放低了声音，极秘密似的切切的说：‘一个人死了之后，究竟有没有魂灵的？’我悚然，一见她的眼盯着我，背上也就遭了芒刺一般……”此时令人惊诧的是存在的意义又是什么？

世上有过时的事物，人的思想就是用来对抗过时二字的。创新永远在路上，所谓的创新就是发现未知，有知愈大无知愈大，两者成正比，创新的意念也应愈大。

讲真话讲出了错误，那是认知出了问题……现在不啻是画画的时代，更是谈谈哲学的时代，谈谈老子，谈谈习近平总书记“论人类命运共同体”的理论才是人类的方向。

给艺术设立一个标准，这本身就是对艺术的亵渎。艺术的本质属性是思想意识的自由，给艺术上个笼头，无疑是在扼杀艺术的生命。一个人生存于任何社会无不被社会政治及制度束缚，唯有在思想意识中得以自由，这个自由也唯有在哲学与艺术中得到展现。

中国画最具代表性的是水墨写意画，无彩胜似重彩，大气磅礴，墨以五色之分，淋漓尽致抒发情感为重，大笔挥写江山，吾将上下而求索之精神，具乾坤大志与天地共存之感。中国画有两怕，一怕画入年画之俗态，二怕失去古意。古意非简单的古人意趣，而是具有传世之气、正义之气，非得后人赏析赞许不可的态度。

写意中国画，书画同源，书画却有不同，书写是理性的、严谨的创作，绘画是任性的、随意的像极笔意的涂抹。将书写的严谨施于画趣中会得到更高的艺术趣味，在此意义上讲，中国写意画是“写”出来的绘画，情感会得到充分的表达。当前中国画最大的问题是缺少深邃的思想意识，多流于表面肤浅的艺术形式，不是重复前人之作，就是重复自己之作。

中国水墨写意画独占艺术表达最高峰，是所有画种中最难于掌握又最易抒发胸臆表现人文精神的绘画方法。读懂中国画艺术的人是毕加索，他看到了工具材料的实用及自然变化的趣味性，用线及线面交合的变化。（笔软可刚可柔，墨分五色，宣纸薄厚生熟吸水不同，人又不同，四项不同合成一项，故变化无穷。）画法只是个工具形式，美丑的实质亦不在形式。只因作者及历史背景赋予了作品名头。名是个符号，有的高深却无名头；有的肤浅却名头颇大。社会的复杂与乱象皆因异同的人与异同的社会背景而已。

技法再多不如硬功夫；思想再深邃不如点破迷津之智慧。毛笔、宣纸、墨其特点皆具不确定性，因有不确定性而出现随机性，这样的组合交相辉映继而产生的艺术效果亦具有不确定性，这说的是中国书法及写意绘画，美在动态、不确定性中呈现出意想不到的艺术效果。

文学艺术写写画画，一读百读，一旦提笔惜墨如金。

美学会长朱光潜追寻艺术的一生："1986 年，在他逝世的前 3 天，他神志稍许清醒，趁家人不防，竟艰难地沿梯独自悄悄向楼上书房爬去，家人发现急来劝阻，他嗫嚅地说，要赶在死前把《新科学》的注释部分完成。3 月 6 日，朱光潜在北京病逝，终年 89 岁。"惜墨如金，生命如墨，写尽画尽最后一滴水墨，是一个中国画家的最后一挥，一笔成石千秋不朽！

生命如墨，惜墨如金

画中国画，无书法之功不行，所谓的N种描，是用线的方法及线的多种表现形式，所谓国画皴法有点像西画素描的线面结合关系。白描是中国画独有的素描法，一切结构体面关系皆用线来表达。所谓的种种方法形式，无非是讲用变化的多种手段来表达人之情感及意图罢了。素描的至高处终在用线的变化上，素描重大要点是表现出要表达的主观感受，这与民间画像有本质的区别。

无语非沉默，沉默不一定无语。“艺术纯粹是个人的事，艺术家对其他人的意见未必就真能听进去。自己领悟不到的，别人说也没有用，自己能领悟到的，就无须他人再说了。”艺无止境，认知为上。

6. 自由与幸福

万事皆具多面性，一分为二。没有疫情哪来“疫情下的文学”及疫情下的人间大爱。通行证上印有绿码，已是自由的象征，自由是放飞意愿，幸福是思想驰骋的自由。

选择独立自由之路，是摆脱表面安逸实则绝望的唯一出路。你可以一生清贫，可以无权无势，但你应该永远记住，一个人终要走自己选择的自由之路。

良好的习惯会带来长久的幸福，在人性短暂的欲望面前不会有长久的愉悦，因为得到与得不到都是长久无聊的。有一种长久而令人持续怡然自得的快乐，就是保持一个良好的习惯——长期坚持去做自己感兴趣的事。

不会创造价值的贷款，就是入套（落入圈套），自由就是不要落入任何圈套。生活重在有趣，“趣”来自心对自然的惊奇、兴趣、爱好、喜欢、志趣、愿望、探索、理想。自然世界充满无尽的神奇，远离自然会封锁生趣的源头。

人生忌乏味，生趣来自变化的生活，人生不惧艰苦奋斗，却怕生活的无聊，人之快乐的本质是心意得到了满足。人的一切痛苦，本质上是自己无知带来的结果。

无知是痛苦的根源

难于实现的快乐，意义重大而持久，追逐时尚是最简单的快乐，却消失很快，转眼即是无聊，有意义的持久意念，怡人终生。人在任何状态下都有其状态下的悲哀与欢乐，然而，真正持久的快乐生活，是经过了思考后而情愿去努力的日子。

7. 读书学习

人其一生真正的出路在于提高认知。读死者遗文与生者撰文有别，因为你会加进时空、死亡等概念去思考会想得更深更远。“反正我是基本不读活人写的书的。”这话很有道理，写这文章的人还活着。

记住那些值得记忆的，维特根斯坦说：哲学只能小班讨论，大讲堂里扯啥哲学……这话有道理。

书读得好是种能力，读书重在读原创，食物贵在新鲜。

思想家、天才，以及那些照亮世界、推动人类发展的人，是运用社会生活这本大书的人。孔子讲：“学而不思则罔。”精神食粮好比食物，数不胜数，凡人为加工的食物都是问题食物，这好比一本书，作者观点极少，大量内容以咀嚼他人之论为主，这类书不可读，这类食品不可食。

食自然之物，读原创作品，感受天然味道，倾吐真情实感。

8. 生活及趣味

生活之美是矛盾对立面的平衡，锅碗瓢盆交响乐调子统一不易，能敲得响奏得高不跑调就好。智慧不一定幽默，幽默一定是智慧的表现。所谓的和谐是动态平衡的现象。

生活之久会发现，易得之物易失，不劳而获挥霍无度。经过一番辛劳而获得的成就像自己的孩子，珍惜呵护，久而藏之爱之，敝帚自珍，辛勤付出留得一份希冀。

健康有益之为趣味横生，引人入胜何乐而不为呢？这是一个自我教育的过程，养成习惯的过程。所谓的成功靠单纯的努力很快就会失去信心，不是努力就会成功，而是好的习惯成就了我们。

趣味横生

人不是因有了钱才幸福的，而是在创造价值的劳动中发现了令人快乐的事物而感到了人生的幸福，这样的幸福会长久地伴随着我们的生活。财富、名利乃身外之物，学识、思想乃身内之物，两物不同，相辅相成，哪个重之？前者的获得是向外求，是物质的，后者是向内求，精神的。人之终级快乐是思想的、灵魂的。

9. 钱

金钱的社会功用是用来交换等价物的，也是平衡人与人之间利益关系的，因此，如何利用金钱来更好地服务于人、更好地平衡人与人之间的关系，花钱、用钱就成了一门学问，这里仍然是个认知的问题。钱少，事少，知足需要高度的认知，贪官在认知中否定了知足的概念。

贫、不足、财少，富、充足、巨财，两者只是暂时状态不同，然而，人却因贫穷而享有巨大的幸福升值空间，却因巨富而堵塞了幸福通道。没有不行，多则溢，溢则失，失则痛。所谓的禅修是个提高认知的过程。

金钱在认知低下者的手里是件危险的事，它既可给人带来帮助亦能毁掉人的生活。智慧来自高度的认知，有钱是一时的快乐，智慧可以赢得新生撑得一世。生命没有觊觎，无欲则刚，无欲无求。

10. 福祸

“塞翁失马，安知非福”，人为善，福虽未至祸已远离，人为恶，祸虽未至福已远离。

有价值之物包含了劳动，不会凭空得到，所谓如愿，是身心得到了自由。

深邃的思想正是人的不自由及对生命的反思所带来的结果，物在外，精神是内在的，思想的深度，来自对事物变化的认知，世上还有哪件事能离开塞翁失马的逻辑呢？

两种可能，悲苦与灾难没有毁灭你，就是在拯救你。

11、意识是被认知锁定的

“天变不足畏，祖宗不足法，人言不足恤。”人类的固有认知必须升级。哲学是意识的游戏，游戏的规则是逻辑，当玩不转时就出现卡壳现象，这个卡壳就是悖论。所有游戏总有个终点，意识的游戏永远没有终点……

知识不一定是力量，力量一定来自认知，哲学的认知才是力量。哲学是生存学，是以追究存在意义为目的的学问。寻找目的即要有独立的思想与自由。因此，记住，没有强大的思想做后盾，人是无法真正独立与自由的。

人类自原始巫教社会走出，步入主观意识觉醒时期，即公元前600年后。诸教起源即是创始者的思想觉醒。诸法无常，如果佛陀的觉醒算一法，瑜伽之功可说是佛法的二次觉醒。瑜伽是集主观意识与肉身并行不悖的天道。如果有第三次觉醒，那就是21世纪的新哲学。

哲学始于疑问，诘问是思想者的自由，思想是追问者的答案。

哲学使生命更具力量、更具方向。没有哲学的生活灵魂没有归宿。哲学是个大概念，既有形而上的一面亦有形而下的一面；既有名词意义上的解释范畴亦有动词行为动机的一面。在认知上有深浅之别，因人之别的属性。

柏拉图说：“除非真正的哲学家获得政治权利，或者城邦中拥有权力的人，由于某种奇迹，变成了真正的哲学家，否则，人类中的罪恶将永远不会停止。”

哲学会告诉你如何认识自我及认识这个客观世界，并告诉你哲学思考是一种能力。生命中随时都有一项最重要的事去做，此时最重要的事是放下手机，看看蓝天。

12、活着必须知道的真相

超强的智慧，会用简单的道理告诉你世界的真相。这是哲学的根本属性，离开这一点即不是哲学是欺世。

人之一世终是主观意识的，主观意识终有一愿，或是信念或是信仰，这一点亦只有在创作中呈现出来，除去这一点之外一切皆是烟云，如一风而过。弗洛伊德讲的本我的属性，即人之本质属性，就是兽性。人自形成完整的主观意识后，人性才得以发展。是后天的人文主义精神对人的影响，人才能成为具有道德意义上的人。意识的属性是多变而又长久的，其范畴之大囊括宇宙。其中，最根本的是性意识，因为它与生命及生命的原动力有关。

哲学是意识的游戏，游戏的规则是逻辑，当逻辑“短路”时就出现卡壳现象，这个卡壳就是悖论。意识的游戏如同虚拟的宇宙无始无终，只若生命存在。

知识不一定是力量，但力量一定来自认知，哲学的认知才是力量，这是意识所完成的终极结论。哲学首要研究的是生存学，是追究存在意义为目的学问。寻找目的即要有独立的思想与自由。因此，要明确没有强大的思想做后盾，人是无法真正独立与自由的。

人之存在，诸事无常，一首小诗作为结束语吧：

树高云清淡，

塞外金秋天。

不日北风起，

沙落黄河寒。

自 述

名是爹娘给的：宋建华。上学识字后，先生依名起个字，没有，于是自起：铁。号是学有所得后的所谓称号：远汉。

宋铁，1981 年毕业于郑州地质学校地质普查专业；1987 年毕业于内蒙古师范大学美术系，教书四年；1993 年下海打工六年；1998 年创办计算机美术工作室，工作八年；2006 年重回单位从事地质工作十二年；2018 年年底退休。

1987 年毕业于内蒙师大美术系后，立志从事美术创作工作，因生活工作变动，美术自修及创作断断续续，工作生活之余读书学习是余最大乐趣。

从古希腊哲学到欧洲哲学史，自先秦诸子哲学到民国大学者之人文精神，如饥似渴、殚精竭虑始终未停止探索的脚步。

常念朝戈叮嘱的一句话："为个人的真挚情感所做的努力是有价值的。"自信，将一生的信念，凝聚成一部完整的思想，便是永生。

后记

写书不易，能够得到他人的教诲及帮助也不易。在这里感谢朋友们的热心帮助！衷心地感谢中国文联出版社高韵洁编辑的审阅及校对！感谢妻子的指正及校对！封面设计是宋昊完成的，在此一并感谢！我的父亲早年毕业于北京师范大学，一生致力于诗书传家、教书育人。我的成长离不开父亲的言传身教及母亲朴素的唯物主义思想的影响，谨以此书作为对父母的深切怀念。

宋轶

2023 年 10 月 13 日